나 죽어서 책벌레가 되리니

서파 류희의 한시 이야기

김근태 지음

나 죽어서 책벌레가 되리니

초판 1쇄 발행 2023년 11월 10일

저자 김근태
펴낸이 박숙현
주간 김종경
디자인 소산이

펴낸곳 도서출판 별꽃
출판 등록 출판등록 2022년 13월 13일 제562-2022-000130호
주소 경기도 용인시 처인구 지삼로 590 CMC빌딩 307호
전화 031-336-8585 **팩스** 031-336-3132
이메일 booksry@naver.com

ISBN 979-11-9813-416-5 03810

나
죽어서
책벌레가
되리니

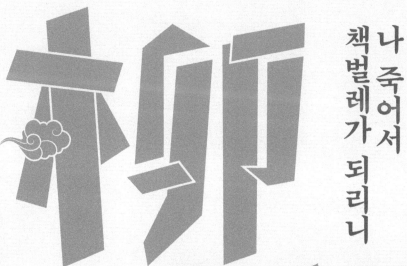

柳僖

서파（西陂） 류희（柳僖）의
한시 이야기

김근태 지음

별꽃

머리말
서파의 재발견

서파(西陂) 류희(柳僖, 1773~1837)와 인연을 맺은 것은 말 그대로 우연이었다. 박사학위 과정을 수료하고 학위 논문 주제를 정하기 위해 몇 달 동안 장서각에서 이런저런 자료를 찾아보던 중 『문통(文通)』이라는 특이한 제목의 책에 눈길이 갔다. 필자는 이 제목을 '문리에 통달하다', '글로 통하게 하다'라는 뜻으로 이해했고, 일본어에서는 '편지 왕래'라는 의미로도 활용된다고 하였다. 자신의 견해를 글로 남겨 다른 사람 또는 후대에 전하게 하겠다는 의미이기에 작자의 자신감과 자부심이 느껴졌다. 상당한 분량이었지만 흥미가 생겨 한 장씩 살펴보았다. 유교 경전에 대한 풀이와 견해에 대한 글이 가장 많았고, 『관상지』, 『물명고』 등 들어본 적이

5

있는 글들도 보였다. 내용의 방대함과 박학함에 놀라움을 금할 수 없어 저자에 대한 다른 정보를 찾아보았다. 먼저 여러 백과사전에는 대동소이하게 '조선 후기 대표적 음운학자'로만 소개되어 있었고, 국어학, 천문학, 양명학 방면에서 접근한 논문이 몇 편 보였다. 그런데 『문통』에는 「방편자구록(方便子句錄)」이란 표제를 단 한시 1,500여 수 외에 산문 작품과 비평 자료 등 문학과 관련된 자료도 다수 실려 있었다. 당시까지 학자로서의 면모에만 주목했을 뿐 시인 또는 문학가로서의 위상을 밝힌 논문은 보이지 않았기에 한시와 산문 작품들만 발췌하여 읽기 시작하였다.

먼저 일반적인 문집과는 다른 특이한 편집 체제가 눈에 띄었다. 한시를 창작한 시기에 따라 별도로 제목을 붙여 엮는 구성은 조선시대 몇몇 시인에게만 보이는 체제로, 본인이 시인이라는 인식을 강하게 지녔음을 보여주는 예라 할 수 있다. 그런데 후대에 편찬된 여러 시선집에 수록된 그의 시가 한 수도 없을 뿐더러 그의 시나 문장에 대해서 직접적으로 언급한 후대인의 기록도 찾을 수 없었다. 심지어 고조선부터 조선 말기까지 2,000여 명 시인들의 작품을 뽑아 엮은 『대동시선(大東詩選)』에조차 그의 이름은 없었다. 적어도 19세기 조선에서 시인으로서는 전혀 주목을 받지 못한 것이다.

이렇게까지 철저하게 소외된 이유가 무엇인지 궁금하여 시인으로서 서파의 위상을 밝혀보고 싶었다. 참고할 만한 선행 연구가 없었기에 대여섯 해에 걸쳐 중요하다고 생각한 단편적인 주제에 관한 논문을 몇 편 먼저 발표하고, 2010년 8월에 그동안의 연구 성과를 모아 『서파 유희의 시문학 연구』라는 제목의 논문을 써 박사학위를 받았다. 논문을 탈고하는 순간까지도 서파의 한시에 대한 연구는 이제 시작이라는 생각을 한 번도 잊은 적이 없다. 이후 여러 연구자들의 후속 연구가 이어졌지만 정작 필자 본인은 서파의 한시에 대한 글을 한 편도 쓰지 못하였다. 서파의 한시 작품을 제대로 이해하고 있는가라는 의구심이 가시지 않았기 때문이다. 1,500여 수 작품 가운데 비교적 쉬운 작품 몇 수만을 골라서 서파 한시의 정수라고 견강부회한 것은 아닌가 하는 두려움도 들었다.

　　모든 한시가 어렵겠지만 서파의 한시에는 유독 이해하기 어려운 면이 많다. 자신의 삶과 주변의 잡다한 일을 소재로 읊은 시부터 심오한 이치를 담고 있는 시에 이르기까지 작품의 스펙트럼이 넓고, 근체시(近體詩), 악부시(樂府詩), 고시(古詩) 등 다양한 형식의 시들이 어우러져 있기 때문이다. 서파 스스로 밝혔듯이 특정한 시대나 시풍에 치우치지 않고 한시의 모든 체제에 맞춰 뛰어난 시인이나 작품을 택하여 익힌 것이 이유일 것이다. 이것이 서파의 한시가 당시에 큰 주목을 받지 못한 첫 번째 이유라 생각한다. 다방면에 걸쳐 뛰어나다는 것은 다른 말로 특정 분야에서 두각을 드러내지 못했다는 의미도 담고 있기 때문이다.

　　두 번째 이유로는 한시의 정수라 할 수 있는 율시(律詩)에서 강서시파(江西詩派)를 전범(典範)으로 삼았다는 점을 들 수 있다. 강서시파는 송나라 때 형성된 시파(詩派)로, 자구(字句)를 정교하게 다듬고 어려운 전거(典據)를 쓰는 등 당나라의 시와는 다른 시풍을 추구한 일군의 시인들을 말한다. 기발함과 참신함이란 면에서 일정한 성과를 거두었지만 형식적인 면에 치중하여 시의 흥취를 느낄 수 없다는 비판을 받기도 하였다. 조선의 경우 '해동강서시파'라 불리던 시인들이 등장할 정도로 한때 유행하였지만 서파가 활동하던 19세기에는 이미 식상하고 진부한 이론일 뿐이었다. 그런데도 서파는 자신만의 독창적인 논리로 강서시파의 시풍을 옹호하며, 황정견(黃庭堅, 1045~1105), 진사도(陳師道, 1053~1101) 등 강서시파 시인을 시성(詩聖)이라 불리는 두보(杜甫)와 한시의 전범(典範)인 『시경(詩經)』을 제대로 계승한 시인들이라고 추숭한 것이다.

　　마지막으로 문학 외적인 환경에서 요인을 찾을 수 있다. 조선이 건국된 후 서울과 경기 지역에 경제적 기반을 확보하며 경화사족 가문으로 성장하던 서파의 집안은 1755년 발발한 을해옥사(乙亥獄事)에 연루되어 정치적으로 완전히 몰락하였다. 정계 진출이 막힌 소론계 집안에서 태어난 서파는 평생 포의(布衣)로 지냈고, 주로 교유하던 인물들도 비슷한 처지에 있던 소론 계열과 남인 계열 인사들이 대부분이었다. 죽어서도 책벌레가 되고 싶다고 할 정도로 한평생 학문에 매진하였고, 조선시대 최고의 학자로 평가받는 정약용에게 '박아(博雅)'하다는 칭찬을 듣기도 하였지만, 당시

주류층에 낄 수 없었기에 그의 뛰어난 글이나 시들도 큰 관심을 받지 못한 것이다.

　　위에서 거론한 몇 가지 요인 탓에 서파는 당대에는 철저하게 무명인이었다. 하지만 자신의 글을 『문통』이라 명명한 것에서 알 수 있듯 언젠가는 자신의 가치를 인정해주는 인물을 만날 것이란 확신과 희망을 놓지 않았고, 그의 바람과 확신은 사후 100여 년이 지나 위당(爲堂) 정인보(鄭寅普, 1893~1950)를 통해 이루어졌다. 위당이 1931년 《동아일보》에 서파와 그의 역작인 『문통』을 소개하면서 중국의 유명한 학자인 혜사기(惠士奇, 1671~1741)와 대진(戴震, 1724~1777)에 견주며 뛰어난 부친과 모친의 영향을 받아 특별한 스승 없이도 대학자가 될 수 있었다고 평가한 것이다. 그런데 위당의 언급 이후 『문통』은 그 소재를 알 길이 없어 잊혔다가 2001년 서파의 후손이 집안에서 보관하고 있던 글을 정신문화연구원(현 한국학중앙연구원)에 기증하면서 드디어 빛을 보기 시작하였다. 이후 여러 분야 연구자들의 관심 속에 다양한 연구물이 보고됨으로써 서파와 『문통』의 학술적 가치가 재조명되며 현재에 이르고 있다.

이 책의 구성

이 책은 2부로 구성되어 있다. 1부에서는 서파의 한시 가운데 대중이 쉽게 이해할 수 있는 작품을 선별하여 간단한 설명과 함께 소개하였다. 엄밀하게 말하면 이해하기 쉬운 것만이 선별 기준은 아니다. 먼저 서파 본인을 가장 잘 보여주는 작품과 서파의 삶에 큰 영향을 끼친 인물을 소재로 지은 작품을 모아 서파가 어떠한 인물이었는지, 그의 인생관이 무엇이었는지 보여주고자 하였다. 다음으로 서파가 살았던 19세기 조선 사회에 대한 서파의 준엄한 평가와 그러한 시대 상황 속에서 서파가 살아온 삶을 그의 입을 통해 살펴보고자 하였다. 마지막으로 다양한 소재와 형식을 구사한 작품을 소개함으로써 시인으로서의 면모를 밝히고자 하였다.

2부는 서파의 한시 전체에 대한 연구물로, 필자의 박사학위 논문을 요약한 것이다. 학위 논문이기에 한시에 대한 기초 지식이 없는 일반인은 이해하기 어려울 수도 있을 것이다. 일반인도 이해할 수 있도록 쉽게 풀어 쓰고자 하였으나 능력 부족과 지면의 한계 때문에 손을 대지 못한 점이 못내 아쉽다. 게다가 전문 학술서와 교양서라는 두 가지 성격을 아우르다 보니 잡탕이 되어버린 것 같은 느낌도 지울 수 없다. 1부에서 서파의 한시를 맛보고 흥미를 느낀 독자라면 2부를 참고 삼아 읽어보기를 권한다.

책이 발간되면 용인 모현에 있는 서파의 묘소에 한번 다녀오려 한다. 거주지인 춘천과 대학원이 있는 분당을 여러 번 왕래하면서도 이런저런 핑계로 한번도 찾지 못했다. 생전에 좋아하셨던 술을 한 잔 올리며 이런 말을 전해주고 싶다. 한평생 힘들게 사셨지만 『문통』을 남기셨기에 분명 성공한 삶이었다고.

2023년 6월
춘천 안마산 자락에서

※ **일러두기**
'유희'의 성씨는 진주 류씨 문중에서 쓰고 있는 '류희'로 통일했다. 그러나 기존 발표문이나 논문, 인용문에 쓰인 '유희'는 정확한 검색을 위해 처음 발표된 '유희'로 썼다.

목차

제1부

서파 류희의 한시 맛보기

1 서파, 나는 누구인가?

　　서파 류희는 조선 후기 최고의 지식인 가운데 한 명이다. 경학(經學), 문학(文學), 사학(史學), 어학(語學), 의학(醫學), 수리학(數理學), 천문학(天文學) 등 다양한 학문을 섭렵하고, 그 연구물을 엮어 『문통』이란 제목을 붙여 책으로 펴냈으니, 이는 다산(茶山)의 『여유당전서(與猶堂全書)』에 버금가는 가치를 지닌 총서(叢書)다. 서파는 다방면에 걸쳐 학문의 조예가 깊고 폭넓은 식견도 지녔지만 한평생 빈한한 선비로 살다 간 불우한 인물이기도 하다. 이제 서파의 삶과 인생을 그가 남긴 시를 통해 살펴보자.

　　옛 사람이 나와 같은 시대를 살지는 않았지만

그들의 마음과 행적은 종이 위에서 알 수 있지.

천년 간격이라 까마득하지만 서로 문답하노라면

어느새 같은 방 안에서 손님과 스승을 대하는 듯.

흥함과 망함은 꿈속인 양 끝없는 한이요

가슴속 품은 예와 악은 태반이 의아하다네.

나 죽어 좀벌레가 되기를 항상 바라노니

금박지로 싼 책에서 한가로이 세월 보내기를.*

_「독와팔영(獨窩八咏)」의 네 번째 작품

늙은 나 전생엔 정말 좀벌레였으리니

한평생 맛을 느낀 건 책 씹는 것뿐이라오.

날마다 책 깊은 곳까지 뚫고 들어가노라면

얼마나 시간이 지났는지 알지 못하겠네.**

_『문견수록(聞見隨錄)』

"홀로 사는 집에서 읊는 여덟 노래"라는 제목의 첫 번째 작품은 서파가 27세 되는 1799년에, 『문견수록(聞見隨錄)』에 수록된 두 번째 작품은 노년에 지은 시이다. 젊었을 때부터 노년에 이르기

---

* 古人不與我同時, 心事猶於紙上知, 悵望千秋相問答, 慇勤一室對賓師, 興亡夢裡無窮恨, 禮樂胸中太半疑, 死作蠹魚常發願, 金題歲月送支離.

** 老我前身定蠹魚, 一生滋味在咀書, 日日鑽從深處去, 不知踐歷已何如.

까지 서적에 대한 애호와 독서열이 변하지 않았음을 보여준다. 죽어서 좀벌레가 되어 책과 함께 보내기를 바란다는 염원과 한평생 책 갉아먹는 것 외에는 맛을 느낀 적이 없다는 고백은 서파가 얼마나 학문에 열중하였는지를 단적으로 보여준다.

먼저 위의 시는 젊은 시절에 시, 술, 거문고, 책, 산, 구름, 냇물, 돌 등 여덟 개의 사물을 소재로 하여 지은 시 가운데 네 번째 작품으로, 책을 대상으로 하였다. 책을 통해 천년 전 성현들의 생각과 사상을 연구하는 것이 마치 같은 방 안에서 스승을 모시고 공부하는 것과 같다고 하였다. 그렇지만 의혹이 풀리지 않는 것이 태반이라 공부는 끝이 없기에 죽어서도 책벌레가 되어 책과 함께 살아가고 싶은 것이다. 서파가 전통 시대 기본 학문인 경학과 문학, 사학은 물론이고 여타 학문 분야에 흥미를 갖고 여러 저작물을 남긴 것도 이와 같은 독서열과 학문 연마에 대한 열정 덕분이다. 동시대를 살았던 다산 정약용이 서파를 만나고 난 후 '박아'하다고 평한 것도 그의 폭넓은 학식을 인정한 것이라 할 수 있다.

두 번째 작품에서도 마찬가지로 자신이 전생에 좀벌레였을 것이라 단언한다. 다른 시에서는 '식서어(食書魚)'라 표현하기도 했는데 동일한 의미이다. 그 근거로 든 것이 재미있다. 한평생 맛을 느낀 것은 책을 갉아먹는 것이 유일하다고 한 것이다. 서파는 고관대작, 만석부자, 유명인 되기 등 일반인들이 목표로 삼는 것에 관심이 없고, 오직 책을 보며 그 속에 담긴 의미를 분석하고 찾아내는 것에만 흥미를 느꼈다. 말 그대로 공부의 즐거움을 직접 체득한 것이다.

두 작품을 아울러 살펴보면 서파는 전생, 현생, 후생에 걸쳐 모두 독서와 학문 연마에 매진하였다고 할 수 있다. 예로부터 책을 탐독하며 공부를 좋아했던 인물들은 열거하기 어려울 정도로 많을 테지만 이처럼 삼생(三生) 모두 한결같았다고 스스로 고백한 이가 있을까? 서파는 진정한 독서광이자 공부에 미친 이라 단언할 수 있을 것이다.

어머니 어머니 사주당이시여!
저를 낳고 가르치느라 몸과 마음 모두 고생하셨습니다.
예전 아버님 돌아가셨을 때 얼마나 갑작스럽고 충격이 컸던지
집안과 무리 모두 흩어져 서로 도와줄 수 없었습니다.
자식과 어머니가 손을 잡고 빈산으로 들어가니
가업은 이미 가을날의 풀처럼 황폐하게 스러졌습니다.
술병이 비었어도 항아리의 수치라 여길 겨를이 없었고
험하고 어두컴컴하여 미래에 대한 빛도 없었습니다.
아아! 세 번째 노래여, 절절한 심정 노래하노니
그윽한 골짜기 샘 소리도 가늘게 오열하는 듯합니다.*
_「비옹칠가(否翁七歌)」 세 번째 작품

서파가 죽어서도 책벌레가 되고 싶다고 할 정도로 공부를 좋아하게 된 이유는 무얼까? 대대로 관직에 진출하였던 가풍과 학문에 조예가 깊었던 부친과 모친의 영향이 가장 컸다고 생각된다. 먼저 서파의 모친을 소재로 읊은 시를 살펴보자.

"비옹의 일곱 노래"라는 제목의 위 시는 27세의 젊은 나이에 자신의 삶을 돌아보며 읊은 일곱 수의 연작시 가운데 세 번째 작품이다. 「비옹칠가」는 특별히 이룬 것도 없이 나이가 들어버린 자신을 한탄하는 서시(序詩)를 시작으로, 자신에게 큰 영향을 준 이광려(李匡呂, 1720~1783), 정철조(鄭喆祚, 1730~1781)와 모친인 사주당(師朱堂), 넷째 누이, 스승인 윤형철(尹衡喆) 및 자신이 살고 있는 용인의 관청(觀青) 마을을 소재로 각각 읊고, 마지막으로 속세를 벗어나 자연을 벗 삼아 살겠다는 의지를 표명한 시이다.

서파가 『문통』이란 위대한 저작물을 남긴 학자가 될 수 있었던 요인으로 모친인 사주당의 영향을 꼽지 않을 수 없다. 사주당은 서파의 부친인 류한규(柳漢奎)의 넷째 부인으로, 서파를 포함하여 네 명의 자녀를 낳아 홀로 키우며 가르친 당찬 여성이다. 한미한 가문에서 태어나 25세 되는 나이에 당시 46세인 류한규의 넷째 부인으로 출가하였다. 집안이 가난하고 혼인 적령기가 지났기에

---

*　有母有母師朱堂, 育我教我勞心腸, 往日天崩其創鉅, 宗黨散落不相將, 子母挈手走空山, 家業已隨秋草荒, 無醫未暇爲醫恥, 崦嵫暖暖薄流光, 嗚呼三歌兮歌懷切, 幽谷泉聲細咽咽.

부득이한 선택일 수도 있지만, 류한규가 유학에 능통한 학자였기에 큰 고민 없이 배우자로 선택한 것이다. 당호를 사주당(師朱堂)이라 한 것에서 알 수 있듯이 어려서부터 학문에 매진하였고, 유명한 『태교신기(胎敎新記)』를 저술하였다. 조선시대 여성의 모범으로 꼽히는 사임당(師任堂) 신씨(申氏)의 당호는 주나라 문왕(文王)의 모부인(母夫人)인 태임(太任)을 본받는다는 의미를 담고 있기에 훌륭한 어머니가 되고자 한 의도에서 붙인 것이라 할 수 있다. 그에 비해 사주당은 주자(朱子)를 본받고 스승으로 삼아 최고의 학자가 되겠다는 의지를 담은 것이라 할 수 있다. 성리학에 조예가 깊어 당시 학자들로부터 '여중유현(女中儒賢, 여성 가운데 뛰어난 선비)' 또는 '해동모의(海東母儀, 조선 어머니의 표본)' 등의 칭송을 듣기도 하였고, 노론과 소론으로 분열된 정계를 우려하였을 뿐만 아니라 아들의 지인들이 본인의 회갑을 축하하는 시를 지어 올리자 그 자리에서 모두 화답시를 읊을 정도로 시문 창작에도 능했다. 조선 최고의 여류 지성인이자 여장부라 할 수 있을 것이다.

위의 시에도 나오듯이 남편이 세상을 떠나자 사주당은 전처소생에게 짐을 지울 수 없다고 하면서 어린 자식들을 데리고 산 속으로 들어가 직접 농사를 짓고 길쌈을 하여 자식을 키웠다. 어려운 형편에도 불구하고 아들과 딸을 차별하지 않고 모두 공부를 시킨 선구적인 문명인이기도 하였다.

서파는 어버이의 은혜에 대해 읊은 『시경』의 「육아(蓼莪)」를 인용하여 부모를 제대로 공양하지 못하는 자신의 처지를 한탄하였지만, 평생 어머니 공양에 헌신적이었다. 사주당이 세상을 떠나자 3년간 모든 창작 활동을 금한 채 시묘를 하였고, 과거에 응시하지 말고 천진(天眞)을 지키며 살라는 어머니의 명을 충실히 따랐다. 결론적으로 사주당은 서파에게 자애로운 어머니이자 위대한 스승이었다고 할 수 있다.

> 과부가 무덤에 술병 하나 놓고 제사 지내며
> 전날 밤에 남편의 영혼을 보았다고 울며 말하네.
> 고아인 나는 당신에 비하면 오히려 한이 많아요,
> 아버지 얼굴 어렴풋하여 꿈에서도 알아볼 수 없기에.*
> _「추석(秋夕)」

> 해마다 6월이면 그 당시가 떠올라 슬퍼지니
> 백발의 이 몸도 예전엔 열한 살 아이였지.
> 커다란 재목이 되는 길 끝내 이루지 못했으니
> 그 누가 차마 육아편 읽을 수 있으랴.
> 고아로 살아가는 인간세계 고통 아직 끝나지 않아
> 쌓인 한을 지하에서 혹시 아는 분 계실는지.

---

* 寡婦祭墳奠一瓶, 泣言前夜見夫靈, 孤生比汝猶多感, 父面依俙夢不形.

온조로 제수 올리며 나의 눈물 더하는데

소 잡아 제사 지냄이 오히려 옛사람의 슬픔이었지.*

_「유월일일(六月一日)」

서파의 집안은 대대로 관직에 진출한 명망 있는 소론계 가
문이었다. 서파의 부친인 류한규도 진사시에 급제한 후 형조정랑
으로 근무하였는데, 1755년 발발한 을해옥사에 연루되어 온 집안
이 풍비박산하였다. 류한규가 옥에 갇혔다가 풀려나는 과정에서
동생인 류한기(柳漢箕)가 자살을 하였는데, 류한규가 숨졌다고 소
문이 와전되어 당시 부인이었던 평강 전씨(平康 全氏)가 스스로 목
숨을 끊는 비극도 발생하였다. 옥에서 풀려난 후 류한규는 곧바로
신병을 핑계로 관직에서 물러나 가족을 이끌고 서울에서 용인 구
성(駒城)의 선영 아래로 거처를 옮겼다. 정조(正祖, 재위 1776~1800)
가 왕위에 올라 소론 계열을 재등용하면서 경릉령(敬陵令)을 거쳐
1779년 목천현감을 제수받고 부임하였으나, 당시 도백(道伯)이 조
카인 이병정(李秉鼎, 1742~1804)이었기에 친혐(親嫌)을 받아 그만두
고 돌아와 1783년 6월에 세상을 떠난다. "문학에 돈독하면서도 모
든 학문에 능통하였다"는 평가가 말해주듯 서파의 박학한 학문 경

*   年年六月愴當時, 白髮身曾十一兒, 永不得行喬梓道, 誰能忍讀蓼莪詩, 孤生未了
人間苦, 積恨無有地下知, 薀藻享神添我淚, 椎牛猶是古人悲.

향은 부친의 영향을 받은 것이라 할 수 있다.

　앞의 두 시 중 첫 번째 작품은 28세 되는 1800년에 지은 시이고, 두 번째 작품은 58세 되는 1829년에 쓴 시이다. 30년의 시차를 두고 쓴 시이지만 주제는 유사하다. 부친이 55세 되던 해에 늦둥이로 태어난 서파는 11세 되는 1783년 부친상을 당한다. 두 작품은 모두 어린 나이에 부친을 여읜 슬픔과 고아로 살아온 한을 읊는다. 첫 번째 작품에서 부친을 여읜 슬픔을 적나라하게 드러냈다면, 두 번째 작품에서는 자신의 삶을 돌아보며 비교적 차분한 어조로 감정을 표출하였다.

　첫 번째 작품에서 죽은 남편의 영혼을 꿈속에서 보았다고 울며 하소연하는 어느 과부를 향한 서파의 한탄은 너무나 처량하다. 과부는 꿈속이나마 남편을 만날 수 있지만 정작 자신은 부친의 얼굴도 잘 기억나지 않기에 꿈속에서도 만날 수 없다는 것이다. 자신의 감정을 드러내는 시어를 하나도 사용하지 않으면서도 읽는 이의 가슴을 뭉클하게 만드는 뛰어난 작품이다.

　두 번째 작품은 노년기에 부친의 기일을 맞아 쓴 시로, 슬픔뿐만 아니라 여러 감정이 중복되어 표출된다. 먼저 큰 인물이 되라는 부친의 기대에 부응하지 못한 송구함과 고아로 지내온 삶에 대한 한이 고스란히 담겨 있다. 보잘것없는 음식으로 제사를 지내는 것에 대한 죄책감에는 "소를 잡아 무덤에서 성대하게 제사를 지내는 것이 부모님 생전에 닭고기나 돼지고기로 봉양하는 것만 못하다"는 옛 글을 인용하며 위안을 삼기도 하였다.

아이러니하게도 늦둥이로 태어나 어린 나이에 부친을 여의고 한평생 고아로 살았던 서파 역시 환갑을 바라보는 느지막한 나이에 아들을 낳았다. 부친 없이 고아로 사는 삶의 고충과 애환을 누구보다도 잘 알고 있기에 자식의 앞날을 걱정하는 아버지의 마음을 시로 남기기도 하였는데, "자손에게 남겨줄 것이 있다면, 시렁 가득한 문통이라네[貽孫猶有積 滿架是文通]"라고 하여 자신의 저술인 『문통』에 대한 자부심을 아울러 드러내기도 하였다. 자신이 남긴 책으로 열심히 공부하라는 당부를 은연중에 담은 것이다.

비옹이여 비옹이여! 옛날 어렸을 때
류씨 가문에 뛰어난 인재 태어났다 축하받았지.
5세에 월암의 무릎에서 글을 지었고
7세에 석치의 품속에서 주역을 논하였다네.
도성에서 기이한 일이라고 떠들썩하면서
한 척 소나무 자라 대들보 되리라 기대하였지.
젊음도 반드시 늙는 것이 또한 분명한 일이요
요동의 흰 돼지는 세상에서 많이 기르는 것을.
아아 두 번째 노래여! 노래가 꽉 막히니
쓸쓸한 석양은 햇살도 못 이루는구나.*
_「비옹칠가」 두 번째 작품

27세 되는 1799년에 지은 연작시 가운데 두 번째 작품이다. 시에서도 나오듯이 서파는 7세 때부터 『주역』에 능통하였다. 이해 1월 1일 점을 쳐서 얻은 괘가 '비괘(否卦)'였기에 이 시기에 지은 시들을 모아 『비옹집(否翁集)』이라 이름을 붙였다. '불길한 늙은이의 글'이란 뜻이다. 상전(象傳)에 따르면 '비괘'는 "천지가 통하지 않음이 비(否)이니, 군자가 보고서 덕을 검약하여 난(難)을 피하고 녹(祿)으로써 영화를 삼지 말아야 한다"** 라 하였다. 녹으로 영화를 삼지 말라는 말은 관직에 나아가지 말라는 의미이기에 이로부터 과거에 응시하지 않겠다는 의지를 담아 시집의 이름을 명명한 것이다.

위 시에는 모친 이외에 스승이라 할 수 있는 인물이 등장한다. 이광려와 정철조이다. 위당 정인보는 정음학(正音學)에서 '정제두-이광려-정동유-류희'로 이어지는 강화학파(江華學派)의 한 계보를 설정하였다. 강화학파는 소론계 학자인 정제두(鄭齊斗, 1649~1736)가 정계에서 축출되고 강화도로 낙향하여 양명학(陽明學)을 연구할 때 이를 따른 일군의 학자를 말한다. 이광사(李匡師, 1705~1777), 이광려와 신대우(申大羽, 1735~1809), 신작(申綽,

---

* 　否翁否翁昔嬰孩, 柳氏宗族賀神才, 五歲屬文月巖膝, 七歲論易石癡懷, 都下詭詭誦異事, 尺松待作棟樑材, 朱必老大亦了了, 遼東白冢世所治, 嗚呼二歌兮歌抑塞, 荒荒斜日不成色.

** 　天地不交否 君子以 儉德辟難 不可榮以祿.

1760~1828) 등이 대표적인 인물이다. 이들은 양명학을 비판적으로 수용하면서도 고증학(考證學)의 방법론을 받아들여 훈민정음·서법(書法)·문자학 등의 분야에서 뛰어난 성과물을 남겼다. 서파는 같은 소론계 집안에서 태어나 이들과 직간접적으로 교유하면서 많은 영향을 받았으니, 최고의 한글 연구서로 평가받는『언문지(諺文志)』를 저술한 것도 강화학파의 영향으로 볼 수 있다. 이광려, 정동유 이외에 서파의 스승이라 할 이로는 부친의 벗이자 어린 시절 과시(科詩)를 배웠다고 한 윤형철, 경학(經學)에 대해 질정하고 토론한 윤광안(尹光顔, 1757~1815)을 들 수 있다.

위의 시는 어려서부터 도성에 소문이 자자할 정도로 신동이라 불리며 훗날 큰 인재가 될 것이란 기대를 받았건만 생각대로 되지 않는 현실에 대한 한탄이 주를 이룬다. 어려서부터 학문과 시문 창작에서 모두 뛰어났건만 세상은 그리 녹록하지 않았다. '요동의 흰 돼지'란 표현은 옛날 요동(遼東)의 어느 농가에서 머리가 흰 새끼 돼지가 태어나 이를 이상히 여긴 주인이 임금께 바치고자 하동(河東)으로 갔는데, 그곳의 돼지는 모두 희어서 부끄러워하며 도로 돌아왔다는 고사이다. 자신이 제일인 줄 알았건만 세상에는 뛰어난 인물이 많아 우물 안 개구리였음을 깨닫게 되었다는 의미를 담고 있다. 자신의 식견이 뛰어나지 못하다는 자조 섞인 표현이지만, 당시 정치 체제에서는 본인의 실력만으로 꿈을 이룰 수 있던 상황이 아니었다. 소론계에 대한 혹독한 정치적 탄압, 과거시험의 부정과 비리, 실력보다는 파벌을 우선시하는 풍조 등이 서파의 희망을 끊어버린 것이다. 마지막 구절에서 석양이 제 빛을 내지 못해 어두컴컴하다고 한 표현은 서파의 암울한 현실과 미래에 대한 암시로 볼 수 있다.

2 나의 시대를 논한다

　　도성에 소문이 자자할 정도로 신동이라 불리면서 한평생
학문에 매진하였건만 서파는 어떠한 관직도 경험하지 못한 채 한
평생 포의로 살았다. 서파가 불우한 삶을 산 이유는 당시 정계 상
황에서 그 원인을 찾을 수 있다. 앞에서 살펴보았듯이 소론계 명문
가였던 집안은 1755년 발발한 을해옥사로 몰락하였고, 이후에도
노론 세력의 집중 견제를 받아 관직 진출이 여의치 않았다. 서파가
살았던 시대는 능력만으로 출세할 수 있는 시대가 아니었다. 당시
상황을 서파의 입을 통해 살펴보자.

　그대는 내게 술잔 권하지 말고

내가 부르는 비래가 들어보시게.

길가에 버려진 잡초 속 무덤은

대부분 학덕 높은 선비의 혼이라네.

훈계하는 글을 지어 손자에게 주노니

삼가서 절대로 고문에 빠지지 말거라.

고문 모두 읽어 가슴속에 계책 품어도

누가 말했던가 시장 장사꾼만 못하다고.

시장의 재물이 권세가의 집으로 모여드니

계책 열 번 올려도 열 번 퇴짜 맞는다네.

부모님 아들 낳고 총명하길 원하셨지만

지금 보니 총명함이 내 삶을 그르쳤구나.*

··· 이하 생략 ···

_「**고비래가**(古悲來歌)」

52세 되는 1823년에 쓴 장편 고시의 앞부분이다. 제목의
"비래가(悲來歌)"는 슬픔을 노래한다는 뜻을 지닌 옛 악곡의 명칭
이기에 옛 악곡의 명칭을 따서 지은 일종의 악부시라 할 수 있다.
위 시는 총명하게 태어나 어려서부터 학문에 매진한 자신의 신세

---

* 　君莫勸我杯, 聽我歌悲來, 路傍荒草墳, 多是宿儒魂, 作誠與孫子, 愼勿癖古文, 古
文讀盡抱籌策, 誰謂不及市廛客, 市廛有貨達朱門, 籌策十上十退斥, 爺孃生子願聰明,
到今聰明誤我生.

를 한탄하면서 자손들에게 절대로 학문에 빠지지 말라고 당부하는 내용이다. 인용하지 않은 후반부에는 어진 선비를 정성껏 대했던 주공(周公)과 손님들이 끊이지 않았던 북해태수(北海太守) 공융(孔融)의 고사를 인용하여 인재를 제대로 대우하지 않는 당시 관리들의 행태를 비판하는 내용을 담고 있다.

전통 시대에 열심히 공부하여 과거에 급제하고 관리가 되어 임금을 보필하며 백성들을 잘 다스려 본인과 가문의 명예를 드높이는 것은 사대부 출신이라면 누구나 꿈꾸는 삶이다. 노상 입에 달고 있는 말이 입신양명 아니었던가. 또 부모라면 누군들 자식이 총명하기를 바라지 않겠는가. 그런데 총명함이 정작 자신의 삶을 그르쳤다고 울부짖는 서파의 목소리가 절절하다.

왜 이런 상황이 되었을까? 본문에도 나오지만 당시 만연한 부정부패 때문이다. 옛글을 열심히 읽고 공부하여 세상을 다스릴 경륜을 품었어도 정작 그것을 펼칠 기회조차 얻을 수 없다. 권력을 잡고 있는 권세가를 통해야 자신의 능력을 펼칠 지위를 얻을 수 있는데, 뇌물을 바치지 않는 한 그들을 만날 기회도 없거니와 설사 만난다 하더라도 그들의 관심사는 정사가 아닌 다른 곳에 있기 때문이다. 그렇기에 학식과 덕망이 높았던 인물들의 무덤이 길가에 방치되고 돈 많은 장사꾼이 더 대우받는 세상이 된 것이다. 다른 시에서 "벼슬살이는 높은 문벌이 반드시 필요하니, 글솜씨나 재주는 쌀겨처럼 천하게 여긴다"*와 "부끄러워 죽겠네, 어려서 책도

32

읽지 않고서, 사람을 고용해 과거에 급제하고 남에게 자랑하는 것이"**라 읊은 구절도 동일한 맥락으로 읽을 수 있다.

지금 우리 사회에서도 '아빠 찬스'라는 말이 심심찮게 뉴스에 등장한다. 권력과 부의 대물림이 버젓이 행해지고 있는 것이다. 이런 현상이 심해질수록 사회 계급은 고착될 것이고, 결국에 가서는 붕괴될 수밖에 없다는 역사의 증언을 다시 한번 심각하게 받아들여야 할 때이다.

제비 새끼 살지고
늙은 제비는 말랐네.
제비 새끼 짹짹 울어대니
늙은 제비 벌레 잡아도 제 주둥이에 넣지 못하네.
제비 새끼 자라서 스스로 먹을 능력 되지만
늙은 제비의 굶주림은 여전히 예전 그대로구나.
아아! 너 새로 태어난 제비야
늙은 제비의 은혜에 보답할 수도 있건만
때가 되었는데도 보답하지 않는구나.
계절 바뀜은 마치 달리는 것처럼 빠르나니

* 仕宦必須高門閥, 文華才謂賤糠粃.
** 愧殺幼年書不讀, 雇人求第對人誇.

33

벌써 가을바람 쌩쌩 불고 낙엽은 흩날리네.*

_「신연비(新燕肥)」

"제비 새끼 살지고"라는 제목의 이 작품은 26세 때인 1798년에 지은 시이다. 새로 태어난 제비 새끼와 어미 제비를 등장시켜 부모를 제대로 봉양하지 않는 당시 세태를 우회적으로 비판하는 내용이다. 요즘 도시에서는 보기 힘들지만 예전에는 흔하게 볼 수 있던 철새가 제비였다. 제비는『흥부전』을 비롯하여 고전문학에 자주 등장하는 단골 소재이기도 하다. 봄이 왔음을 알려주는 전령사이면서 박 씨를 물어다 주거나 멀리 있는 이에게 서신을 전해주기도 하는 등 제비의 이미지는 항상 경쾌하고 밝다.

서파는 여름날 뱀이 제비 새끼를 잡아먹는 것을 보고 쓴 시에서 "(제비가) 사람을 좋아하고 사람도 또한 (제비를) 좋아하네"** 라 하여 인간과 친숙한 동물로 제비를 평가하기도 하였다. 그런데 위의 시에서는 제비에 대한 상투적인 이미지에서 벗어나 불효를 저지르는 이기적인 인간을 의탁하여 새로운 의경을 창출하였다. 시에는 어린 새끼를 먹이기 위해 자기 주둥이에는 벌레를 넣지 못해 야위어 가는 어미 제비와 어미의 보살핌 속에 무럭무럭 성장하

---

* 　新燕肥, 老燕瘦, 新燕啾啾啼, 老燕得蟲不入味, 新燕長成能自食, 老燕之飢猶如舊, 嗟汝新燕兮, 可報老燕恩, 及時而不報, 節序之遒疾如奔, 西風索索黃葉翻翻.

** 　愛人人亦愛.

여 스스로 먹이활동을 할 수 있음에도 여전히 어미에게 의존하는 새끼 제비가 등장한다. '반포지효(反哺之孝)'를 행할 시기가 되었음에도 그간 키워준 어미의 은혜에 보답하지 않는 불효한 놈이다. 마지막에 시간의 흐름은 쏜살같아 벌써 가을이 다가온다고 하였다. 어미를 봉양할 시간이 많지 않다는 점과 새끼 제비도 조만간 어미의 처지가 될 것이라는 암시이다.

임진왜란과 병자호란을 거치면서 조선 사회의 기존 지배체제를 지탱해준 성리학적 세계관이 흔들리기 시작하였다. 성리학적 세계관은 기본적으로 모든 우주 만물에는 차별과 등급이 있다는 논리를 따른다. 따라서 자연은 물론 인간과 사회에 모두 위계적 질서가 존재한다. 이를 국가나 사회에 적용하면 국왕을 정점으로 지배 계급과 피지배 계급으로 나뉘는 양분법적 질서 체계가 당연한 것이다. 이 체제를 유지하는 기본적인 사상이 충(忠)과 효(孝)와 열(烈)이고, 구체적인 덕목이 삼강(三綱)과 오륜(五倫)이다. 그런데 두 번의 큰 전쟁을 겪으면서 지배층의 위선과 무능을 직접 목격한 조선의 민중들은 더 이상 그들에 의지하지 않고, 신뢰하지도 않게 되었다.

피지배층의 반발이 심해지자 조정은 충효열을 실천했던 인물들을 적극적으로 찾아 선양하는 사업을 추진했다. 그 일환으로 전쟁터에서 목숨을 잃은 인물들에게 시호(諡號)를 남발하고, 고을마다 효자와 열녀를 기념하는 정려문과 정려각을 짓기 시작했다.

이는 지배층과 피지배층으로 양분되어 유지되던 중세적 질서 체제가 무너질 수 있다는 위기감 때문이었다.

한평생 성리학에 전념하였던 서파는 이러한 당시의 사회 분위기를 심각하게 받아들였고, 그러한 사태를 초래한 위정자들의 행태를 신랄하게 비판했다. 또한 백성들의 교화라는 차원에서도 위와 같은 세태를 비판하는 시를 다수 창작하였다. 위의 시는 제비를 등장시킴으로써 우화적인 기법을 활용하였는데, 사회 문제를 고발하는 우화시들이 비판과 교훈만을 앞세우다 빠지기 쉬운 경직성에서 벗어났을 뿐 아니라 문학성도 담보하였다고 평가할 수 있을 것이다.

봄에 한 줌 씨 뿌리면
가을에는 열 말이 된다네.
열 말 수확했으니 죽이라도 먹을 수 있기에
국화주에 무나물도 삶았다네.
북소리 둥둥 울려 퍼지며
곡식 신에게 제사 지내고 어울려 논다네.
가을 내내 즐거움은 오늘 단 하루
내년에는 절로 내년의 복이 있는 법.
항아리 속 곡식까지 관리의 봉록으로 바치지만
귀인들은 오히려 더욱더 탐욕을 끝없이 부리네.

욕심은 끝이 없어 봉록만으로는 만족하지 못하니
가을 들판에서 곡하는 과부의 마음을 어찌 알리오.*

　_「농부세서가(農夫洗鋤歌)」

　　이 작품은 서파가 26세 때인 1798년에 지은 시이다. 제목을
풀이하면 "농부의 호미씻이 노래"이다. '호미씻이'는 가을날 농가
에서 농사일을 끝낸 다음 즐겨 노는 일을 말한다. 한자로는 세서연
(洗鋤宴)이라 한다.

　　봄에 한 줌 씨를 뿌려 가을에 열 말의 곡식을 수확하고, 모
처럼 국화주에 무나물까지 갖춰 마을 사람들이 모여서 잔치를 펼
친다. 동양에서는 추수를 마친 뒤에 술과 음식을 장만해서 토지신
에게 제사를 지내는 것을 새사(賽社)라 한다. 수확에 대한 감사와
이듬해의 풍년을 기원하는 의식이다. 수확을 마친 후 이듬해 봄까
지가 농부들에게는 재충전의 시간이다. 봄부터 가을까지 피땀 흘
리며 수확한 곡식이 있기에 가능한 일이다.

　　그런데 수확을 끝내자마자 곧바로 관리들의 수탈이 시작된
다. 각종 명목으로 세금을 부과하여 모든 곡식을 탈탈 털어가는 것
이다. 봄에 곡식을 빌려주었다가 가을에 엄청나게 높은 이자를 붙

---

*　　春種掬, 秋成斛, 斛之積蓄計餰粥, 黃花酒熟芼蘿葍, 擊鼓逐逐, 賽我社穀, 一秋樂
事一日卜, 嗣歲自有嗣歲福, 竭取甁石供官祿, 貴人猶復窮嗜欲, 嗜欲無限祿不足, 焉知
秋原寡婦哭.

여 몇 배로 거둬들이기도 한다. 백성을 상대로 일종의 고리대금업을 하는 것이다. 국가에서 받는 녹봉만으로도 충분히 살 수 있건만 관리들의 욕심은 끝이 없어 경쟁적으로 백성들의 곡식을 탈취해간다. 백성들의 고충은 안중에도 없는 듯하다. 자신보다 더 높은 고위 관료에게 뇌물을 바쳐야 승진할 수 있는 부정부패가 만연해 있기 때문이다.

수확의 기쁨으로 저절로 콧노래가 나올 시기이지만 가을 들판에는 곡소리만이 들린다. 남편이 없는 과부의 곡소리는 더욱 서글프다. 다른 시에서 "과부는 가렴주구 때문에 고니처럼 말랐고, 난민의 공분은 뱀보다 독하다"*라 읊었듯이 남편은 관리들의 수탈을 못 견뎌 아마도 유랑민이나 도적이 되었을 것이다. '난민'은 무리를 지어 다니면서 사회 구성원들의 생명이나 재산을 위협하고 사회의 질서를 어지럽히는 사람들을 말하는데, 그들의 분노를 개인적인 일탈이나 범죄로 보지 않고 '공분(公憤)'이라 하여 국가와 사회의 책임으로 간주한 것이다.

서파의 시에는 위와 같이 탐욕스러운 관리와 부정부패가 만연한 정계에 대한 신랄한 비판의식, 그로 인해 고통을 받는 민중에 대한 안타까움이 짙게 묻어나는 작품이 꽤 많다. 서파 자신이 직접 농사를 지으며 살아갔기에 그 고충을 누구보다 잘 알았기 때

---

* 寡婦誅求癯似鵠, 亂民公憤毒於蛇.

문이다.

> 책을 읽은 지 십 년도 되지 않아
> 남들 향해 스스로 과시한다네.
> 큰 수레 타고 임금의 녹을 먹으면서
> 어찌 자기 몸 바르게 함을 먼저 하지 않는가.
> 자기 몸 바르게 함을 진실로 다하지 않으면
> 문을 나서자마자 곧바로 치욕을 당한다네.
> 밤나방은 자신의 재주 헤아리지도 않고
> 촛불로 뛰어들어 끝내 불타버리네.
> 삼명을 행했던 옛날 정고보
> 후대에 많은 것을 느끼게 하는구나.**
> _「의고십구수(擬古十九首)」의 열네 번째 작품

"고시 열아홉 수를 본떠 짓다"라는 제목의 이 작품은 25세 때인 1797년에 지은 시이다. 짧은 공부와 얕은 지식만으로 관직에 진출하여 으스대는 당시 관료들에 대한 비판의식을 담고 있다. 서파는 시에서 관리의 기본 덕목으로 '자기 자신을 바르게 하기[정기

** 讀書未十秊, 向人自誇美, 軒車食君祿, 曷不先正己, 正己苟未盡, 出門便遭恥, 夜蛾無料量, 赴燭竟至燬, 三命古正考, 後代多興起.

(正己)'를 제시하였다. '정기'는 '수신(修身)'과 상통하는 용어이다. '수기치인(修己治人)'이란 말에서 알 수 있듯이 유학의 기본적인 가르침은 자기 자신을 먼저 수양하여 일정한 경지에 오른 후에 타인도 그러한 경지에 오르도록 인도하는 것이다. 맹자는 "세상에는 대인이 있으니, 자신을 바르게 함으로써 남이 절로 바르게 되도록 하는 자이다"*라 하여 그러한 경지에 이른 사람을 대인이라 규정하였고, 송나라 학자인 정명도(程明道)는 관리의 역할을 묻자, '정기격물(正己格物)' 즉 "내 몸을 바르게 하고 남을 바르게 해야 한다"라고 대답했다. 자기 수양이 먼저라는 의미를 담고 있다.

　　자신을 바르게 하는 수양은 단지 글공부만으로 되지 않는다. 그래도 옛 성현들의 훌륭한 삶을 배우고 익히는 가장 좋은 방법은 그들이 남긴 글을 읽고 그 의미를 음미하며 실생활에 적용하려 노력하는 것이다. 이것이 공부의 목적이다. 부단한 자기 수양을 통해 일정한 경지에 도달한 뒤에는 나 이외의 다른 사람들도 나와 같은 경지에 이르도록 인도해야 한다. 이것이 관리가 되는 목적이다. 그런데 관리를 선발하는 과거제도는 한계가 있었다. 과거 시험 자체가 형식적인 면을 중시했거니와 모범답안을 외워서 정해진 체제에 맞게 작성해야 합격할 수 있었기에 학덕이 높은 인재를 가려낼 수 없었다. 게다가 조선 후기에 이르면 실력보다는 출신 성분

***

* 　有大人者 正己而物正者也.

이나 혈연이 훨씬 더 크게 작용하였으니, 서파를 비롯한 뛰어난 인재들 가운데 과거 응시 자체를 포기하는 이들이 속출한 것은 어쩌면 당연한 일이었다. 자신의 주제도 알지 못한 채 앞뒤 가리지 않고 불로 뛰어들다 끝내 목숨을 잃는 불나방 같은 관리들이 태반인 상황을 서파는 준엄하게 비판하는 것이다.

결론에서 서파는 이상적인 관리의 전형으로 정고보(正考父)라는 인물을 인용하였는데, 그는 춘추시대 송나라의 대부(大夫)이자 공자의 선조로 알려져 있다. 그는 솥에다 "첫 번째 벼슬을 받으면 머리를 숙이고, 두 번째 벼슬을 받으면 몸을 굽히고, 세 번째 벼슬을 받으면 허리를 굽힌 채 길 가운데를 피해 담장을 따라서 달아난다"**라 새기고, 벼슬이 높아질수록 더욱 겸손하게 행동하였던 인물이다.

서파의 견해를 종합해보면, 관리는 자신의 행실을 먼저 바르게 하고, 높은 자리에 오를수록 더욱 겸손하고 공손하게 행동해야 한다. 이는 솔선수범과 겸양의 미덕으로 정리할 수 있는데, 이 덕목은 현대에도 유효할 것이다. 안하무인격으로 행동하다가 결국 짧은 삶을 마치고 역사의 뒤안길로 사라진 인물은 예나 지금이나 항상 있었기 때문이다.

**　一命而僂 再命而傴 三命而俯 循牆而走.

피죽피죽

한 그릇이 단지 피죽이라네.

우리 고을에 새로 오신 사또는

가렴주구하며 관록을 채우시네.

관록이 어찌 부족하랴마는

권문세가에 보내는 수레 끝이 없구나.

휑한 들판엔 들꽃 피어 가을은 한창인데

저물녘 외진 마을에 과부가 곡을 하네.

"열 식구 먹는 것이 뭔 줄 아시오?

이틀에 한 사발 피죽이라오."*

_「사금언(四禽言)」 첫 번째 작품

이 작품은 서파가 20세 때인 1792년에 지은 시이다. 어려서부터 신동으로 불렸던 서파는 16세부터 자신이 지은 한시를 모아 『순유육집(旬有六集)』이란 제목으로 묶었다. 열여섯 살이란 의미로 붙인 이름이다.

위 시는 새의 울음소리를 시어로 차용한 것으로 금언체(禽言體)라 불리는 한시의 독특한 시체이다. 새의 울음소리를 활용하

---

* 稷粥稷粥, 一盂但稷粥, 我邑來新吏, 誅求充官祿, 官祿豈不足, 權門饋遺連車軸, 荒野草花秋漠漠, 夕日孤村寡婦哭, 十口何所食, 並日一稷粥.

여 당시 정치 및 사회의 불합리와 부조리를 비판하는 의식을 주로 담고 있다. 서파는 모두 네 편의 금언체 한시를 남겼는데, 위 시는 그 첫 번째 작품으로, 피죽새로 불리는 직박구리의 울음소리를 소재로 하였다. 직박구리는 우리나라 어디서나 흔하게 볼 수 있는 텃새이다. 직박구리의 울음소리를 명확하게 표기하는 것은 어렵지만 옛날 사람들은 '호로록피죽' 하고 운다고 하였다. 주로 춘궁기에 울음소리를 많이 들을 수 있었기에 멀건 피죽을 호로록 마시는 소리처럼 묘사한 것이다. 조선시대 어휘사전인 『물보(物譜)』에 '후루룩피류새'라 등재되어 있을 정도이니 당시에는 누구나 수긍하던 이름이다.

위의 시에서는 먼저 조선 후기 농촌의 피폐한 삶을 엿볼 수 있다. 한창 수확의 기쁨을 누려야 하는 계절이건만 열 식구가 이틀 동안 먹은 것이 피죽 한 그릇이라면서 과부가 홀로 울며 하소연한다. 필자와 비슷한 시대를 산 사람이라면 어려서부터 '피죽도 먹기 어렵던 시절'이란 말을 흔하게 들었을 것이다. 피죽이란 지금은 잡초라 하여 뽑아버리는 피의 낟알을 거둬들여 물에 넣고 멀겋게 끓인 죽을 말한다. 아이러니하게도 요즘은 건강식이라 하여 사고팔기도 하는 모양이다. 위의 시에 등장하는 인물이 과부라 하였으니 남편은 이미 죽었거나 아니면 수탈을 견디지 못해 도망쳐서 부랑자가 되었을 것이다. '고촌(孤村)'이란 표현을 보면, 첩첩산중에 있는 작은 마을에도 수탈의 손길이 뻗쳤음을 알 수 있다. 마을 사람

43

대부분이 떠나버려 몇 명 남지 않은 마을의 상황을 묘사한 것일 수도 있다.

농부들은 삶의 터전을 버리고 어디로 갔을까? 근대화 이후라면 도시 노동자가 되었겠지만, 당시는 그럴 상황이 아니다. 결국 떠돌이 유랑민이 되거나 도적이 되었을 것이다. 홍경래의 난을 비롯하여 이 시기 전국 곳곳에서 봉기했던 민초들의 조직적인 반란, 즉 군도(群盜)를 떠올리게 하는 대목이다.

이런 상황을 초래한 이유는 위 시에서도 언급했듯이 관리들의 수탈이 가장 크다. 각 고을에 부임한 지방관은 국가에서 곡물이나 돈을 정기적으로 받는다. 그것을 관록(官祿)이라 하는데, 흔히 말하는 녹봉(祿俸)이다. 그런데 지방 수령들은 자신이 관할하는 고을의 아전을 통해 일정한 금품을 챙기는 것이 관례였다. 이런 까닭에 뒷돈을 챙기지 않는 관리를 청백리(淸白吏)라 하여 특별히 칭송하는 것이다. 녹봉만으로도 먹고살 수 있지만, 출세를 위해서는 고위 관료에게 바칠 뇌물이 필요하다. 결국 자신이 다스리는 고을의 백성들을 쥐어짜야 그 재원을 마련할 수 있었던 것이다.

조선시대에 지방관을 목민관(牧民官)이라 하였다. 백성들이 생업에 전념하며 잘살 수 있도록 보살피라는 의미를 담고 있다. 과거나 지금이나 스스로 목민관이라 부르면서도 부끄러워하지 않을 관료가 몇이나 될까? 국가와 위정자의 존재 이유에 대해 다시 한번 생각해볼 일이다.

솥이 작구나 솥이 작구나

집집마다 솥이 작구나.

금년도 국가의 토목공사도 끝나

장부들이 벼 가득 팬 들판에서 힘을 쓰네.

세 말로 밥을 지어 먹고 곡식을 수확하더니

다섯 말로 떡 만들어 토신에게 제사 지내네.

해마다 흉년들어 큰 솥을 팔아버렸으니

급히 한번 배부르게 먹으려 해도 솥이 작구나.*

_「사금언」 두 번째 작품

앞의 시에 이어서 새의 울음소리를 형상화한 금언체 한시
가운데 두 번째 작품이다. 이 시에는 소쩍새가 등장한다. '소쩍소
쩍' 운다고 하여 소쩍새라 부르는데, 울음소리 '소쩍'을 '솥이 적다
(작다)'란 의미로 풀이하였다. 조선시대 금언체 한시를 살펴보면 직
박구리의 울음소리를 '호로록피죽'으로, 소쩍새의 울음소리를 '솥
이 적다'로 풀이하는 것 이외에도, 까마귀의 울음소리를 '시어머니
가 나쁘다'는 의미를 담아 '고악(姑惡)'으로, 뻐꾸기의 울음소리를
'씨를 뿌려라'는 의미의 '포곡(布穀)'으로, 노고지리(종달새)의 울음

---

*   鼎小也鼎小也, 家家鼎小也, 今季土木罷官役, 壯夫力作禾滿野, 三斗炊飯收場
穀, 五斗炊餠賽里社, 季季歉荒賣大鼎, 急欲一飽鼎小也.

소리를 '노구솥을 질 이'라는 의미의 '노과자(負鍋者)'로 풀이하는
등 다양한 종류의 새 울음소리가 등장한다.

소쩍새는 우리나라에서 흔하게 볼 수 있는 여름 철새다. 야
행성이기에 주로 새벽에 울음소리를 들을 수 있다. 앞에서 살펴본
시와 마찬가지로 이 시도 새의 울음소리를 활용하여 비판의식을
담고 있는데, 비판의 대상이 관리의 수탈에서 당시 사회의 세태로
바뀌었다. 가을이 되어 세 말 곡식으로 밥을 지어 먹고 농작물을
수확하더니 다섯 말로 떡을 만들어 토지신에게 제사를 지낸다고
하였다. 배보다 배꼽이 더 큰 모양새다. 토지신에게 제사를 지내는
것은 그해 농사가 잘되게 해준 것에 대한 감사의 의미와 이듬해에
도 풍년이 들기를 바라는 간절한 희망을 함께 담고 있다. 그런데도
해마다 흉년이다. 먹고 살 식량을 마련하기 위해 집에 있던 큰 솥
도 팔아버려 이제는 곡식이 있어도 솥이 작아 실컷 먹을 방법이 없
다는 결론에서 자조 섞인 푸념을 넘어서는 뭔가를 느끼게 한다.

앞의 시에서도 살펴보았듯이 농촌에서 한 해 농사를 끝낸
후 마을 사람들이 하루 날을 잡아 술과 음식을 마련하여 즐겨 노
는 일을 세서연이라 한다. 적어도 그해에는 더이상 호미를 쓸 일이
없기에 호미를 씻어 보관한다는 의미에서 '호미씻이'라고도 하고,
호미를 벽에 걸어둔다고 하여 '호미걸이'라고도 한다. 한 해 농사
를 마친 후 그간의 노고를 서로 위로하면서 한바탕 놀고 즐기는 것
은 공동체 구성원의 유대감과 친밀감을 높일 수 있는 좋은 풍속이

다. 그런데 또 무당을 불러 한바탕 굿을 하기도 한다. 가뜩이나 먹을 것이 없는 상황이지만 내년 농사에 대한 희망을 버릴 수 없기에 울며겨자먹기 식으로 어쩔 수 없이 행해야 하는 의식이다. 이러한 행위를 서파는 미신으로 간주하여 우회적으로 비판한 것이다. 서파는 말년에 자손들에게 당부하는 내용을 담은 글인 「이손편(貽孫篇)」을 남겼는데, 여기에서도 부처에게 아첨하고 무당의 말을 따르면서 신의 도움을 바라는 세태를 비판하며 절대로 해서는 안 된다고 당부하기도 하였다.

서파의 금언체 한시는 20세의 젊은이가 쓴 시라고 보기 어려울 정도로 생생하면서도 신랄한 비판의식을 담고 있다. 당시 함께 공부했던 동료는 "매성유(梅聖兪)와 소동파(蘇東坡)의 시가 자못 맛이 없음을 깨닫겠다"고 평하기도 하였다. 매성유와 소동파는 중국의 유명한 시인이자 금언체 한시의 창시자 또는 대가로 칭해지는 인물이다. 그런 대시인들의 작품이 맛이 없다고 느낄 정도로 서파의 시가 뛰어나다는 극찬인 것이다.

3 나는 이렇게 살았다

    중세의 지배 질서가 흔들리고 부정부패가 만연한 사회, 관직으로의 진출이 여의찮은 가문에서 태어난 서파는 부조리한 세상에 대한 울분과 비판을 여러 시문을 통해 표출하였다. 남들처럼 세상과 적당히 타협하여 편안한 삶을 꾀할 수도 있었건만 타고난 성격상 그렇게 할 수는 없었기 때문이다. 그러나 한편으로는 학문에 매진하면서 훗날 자신의 가치를 알아줄 이가 반드시 있을 것이라 확신하기도 하였다. 빈한한 학자로 한평생을 살았던 서파의 삶을 그가 남긴 한시를 통해 살펴보자.

끝이로다

문과, 무과, 음직, 유일이 네게 쓸모가 없구나.

너에게 귀가 있지만

속세의 말 듣기 싫어하고

너에게 입이 있지만

사람들 귀에 오로지 거스르기만 하는구나.

너에게 목이 있지만

귀인에게 굽히려 하지 않고

너에게 발이 있지만

고관대작의 집에 찾아가지 않는구나.

너에게 강직한 뼈가 있으니

하늘은 이와 같은 협객을 내셨고

너에게 비쩍 마른 몸이 있으니

하늘은 이와 같은 빈한한 선비를 내셨네.

너에게 마음이 있으니

막히고 통하지 않아

분개하고 한탄한다.

… 중략 …

한 사람에게 아첨하는 것도 못하는데

하물며 조정의 관직임에랴!*

… 후략 …

_「이이가(已已歌)」

49

이 작품은 서파가 28세 때인 1800년에 지은 장편 고시의 앞부분으로, 제목은 "그만두자" 또는 "끝이로다" 정도로 풀이할 수 있다. 이 해에 서파는 연초부터 서울의 친지와 벗들의 집에 머물렀다. 과거에 응시하기 위한 목적이었는지는 알 수 없지만, 3월 21일에 있었던 정시(庭試)에 응시하지 않고 시류에 부합하지 못하는 자신을 자조(自嘲)하는 위의 시를 짓고 고향으로 돌아온다.

위의 시에는 조선시대 관직에 진출할 수 있는 네 가지 방법이 모두 등장한다. 가장 일반적인 방법은 문과나 무과에 급제하는 것이고, 이외에 고위 관직을 역임한 조상의 덕으로 시험 없이 임용되거나(음직) 높은 학덕을 지닌 인물로 천거를 받아 진출하는 길(유일)이 별도로 있었다. 그런데 서파는 이 네 가지 방법 모두 본인에게는 소용없다고 하였다. 과거의 비리와 정치적인 탄압으로 과거 자체에 응시하지 않았거니와, 음직으로 진출할 수 있을 만큼 부친이나 조부가 고위 관료가 아니었으며, 천거를 받는 것은 권력자에게 아부하거나 뇌물을 바쳐야 가능한 풍토였기 때문이다.

조선 후기에 접어들면 과거시험이 남발하여 급제자가 다수 배출되는 바람에 설령 과거에 급제하더라도 관직에 진출하지 못

---

*　　已巳巳, 文武蔭逸無用爾, 爾有耳兮, 厭受世俗口, 爾有口兮, 專逆世俗耳, 爾有頸兮, 不爲貴人低, 爾有足兮, 不到朱門裡, 爾有骨骯髒兮, 天生是俠客, 爾有肌癯瘦兮, 天生是寒士, 爾有心兮, 拂鬱輷菌, 感慨懷悢 … 중략 … 欲媚一人也不得, 況可以朝廷官職 …후략….

하는 이가 태반인 상황이 벌어지기도 하였다. 이런 부조리한 사회 분위기에서 입으로는 당시 사람들이 좋아할 만한 말을 하지 않고, 귀로는 세태를 좇아 편하게 살라고 하는 조언을 듣지 않으며 지위가 높은 이에게 고개 숙여 예를 갖추거나 직접 찾아가 청탁하지 않는 성격이기에 서파는 끝내 협객(俠客)이자 한사(寒士)로 살 수밖에 없었던 것이다. 당시 관리 임용제도의 모순과 비리, 그러한 세태 풍조를 따르지 못하는 자신의 강직한 성품을 한탄하는 격한 감정을 느낄 수 있다. 그러나 이 시의 마지막에 "장부의 가슴속에 절로 즐거움 있나니, 어찌 반드시 과거급제며 어찌 반드시 벼슬만이랴!"** 하며 과거급제나 관직 이외에서 보람과 삶의 이유를 찾고자 하였다. 그것은 바로 가족과의 단란한 생활, 벗들과의 교유와 유람, 천성적으로 좋아하는 책을 가까이하며 후세에 길이 남을 만한 글을 지으며 사는 삶이었다.

> 날 추우니 산속 집에 찾아오는 손님 하나 없어
> 화로 피우고 작은 술잔으로 처자식과 즐긴다.
> 연기 속 목동의 피리 소리는 시구에 들어맞고
> 눈 내린 뒤라 이웃 울타리 마치 그림 같구나.
> 백리 강가의 얼음은 옛 벗을 떠올리게 하는데

**　丈夫胸中自在樂, 何必科第何必仕.

새벽까지 등잔불 지펴 선유를 대한다.

내일 아침 땔거리 떨어진 것은 당장의 문제 아니니

궁핍한 말을 하여 흰 머리 고뇌케 하지 말지라.*

_「한일산가(寒日山家)」

"추운 날 산속 집에서"라는 제목의 이 작품은 서파가 52세 때인 1824년 초겨울에 지은 시이다. 서파는 용인에 살다가 37세 되는 1809년 충청도 단양으로 거처를 옮기고 10년을 지낸다. 단양으로 거처를 옮긴 뚜렷한 이유는 알 수 없지만 경제적인 어려움과 좀더 조용한 곳에서 학문을 연마하기 위한 목적이 두루 작용한 것으로 짐작된다. 그러다가 1819년 다시 용인으로 돌아오는데, 집안의 장남이었던 이복형 완(俒)이 세상을 떠나면서 외아들로서 선영을 지켜야 한다는 의무감 때문인 것으로 보인다.

용인으로 돌아온 지 3년 만인 1821년 모친 사주당 이씨가 세상을 떠나자 서파는 집필과 시문 창작을 끊고 온 정성을 다해 삼년상을 치른다. 1824년 삼년상을 마친 후 다시 일상으로 돌아왔다는 의미에서 이 시기에 지은 시를 별도로 『성가집(成歌集)』이란 제목으로 엮었다. 순임금이 세상을 떠나자 천하 사람들이 악기나 노

---

* 寒日山家一客無, 深爐小盞樂妻孥, 烟中牧笛宜詩句, 雪後隣籬似畵圖, 百里江冰懷舊友, 五更膏火對先儒, 明朝絶爨非今事, 莫起窮談惱白鬚.

52

래 등 모든 음악을 끊고 애도하였다는 고사를 역으로 표현하여 이제 다시 노래를 부를 때가 되었다는 의미에서 붙인 이름이다. 노래를 부를 때가 되었다는 것은 일상생활로 복귀하였다는 의미이다.

위 시는 고향인 용인 모현촌 산속에서 가족과 함께 소박하게 살아가는 일상을 읊은 작품이다. 밥 짓는 연기가 피어오르고 어디선가 목동의 피리 소리가 들려오는 풍경은 한시에 늘 등장하는 단골 소재다. 게다가 눈이 내린 뒤라 눈에 묻혀 있는 산속 마을의 모습은 말 그대로 한 폭의 동양화다. 이런 풍경을 보고 그냥 지나칠 수 없어서 화로에 둘러앉아 술 한 잔을 곁들여 시를 짓고 처자식과 오순도순 이야기꽃을 피우는 모습이 눈에 선하다. 새벽까지 등잔불 지피고 선유(先儒)를 대한다는 표현은 옛 선현들이 남긴 글을 읽는다는 의미로, 학문에 대한 서파의 열정을 보여준다. 날이 추워 찾아오는 손님 하나 없는 외로움에 더하여 당장 내일 아침 땔거리도 없는 상황이지만 그때 가서 고민하자는 마지막 구절에서 빈한한 삶 속에서도 여유를 잃지 않았던 서파의 인생관도 아울러 엿볼 수 있다.

당장의 땔거리도 없는 상황이지만 아랑곳하지 않고 새벽까지 등잔불을 밝혀 책을 읽으며 선현의 자취를 좇는 서파의 모습에서 학자 이상의 이미지가 떠오른다. 미치지 않으면 높은 수준에 이르지 못한다는 의미의 '불광불급(不狂不及)'이란 단어가 연상되기 때문이다. 동서양을 막론하고 이 시기에는 유독 특정한 분야에 몰입하여 열정과 광기를 드러낸 인물이 많이 등장하는데, 조선의 경우 일곱 살인 서파를 품에 안고 『주역』을 논했다고 한 정철조가 대표적인 인물이다. 그는 좋은 돌만 보면 깎아 벼루를 만들어 스스로 석치(石癡)라 부르기도 하였다. 돌에 미친 사람이란 뜻이다. 이를 적용한다면 서파는 공부에 미친 사람이라 할 수 있지 않을까.

> 올해 어떤 일을 했는지 점검해보니
> 내일 아침이면 쉰다섯 되는 늙은이.
> 함께 노닐던 벗들은 저승으로 다 보냈고
> 세상 살아가는 괴로움은 바다를 건너는 듯.
> 남들은 경전 말하는 것을 개소리라 하고
> 나는 재주 많지도 않은데 날다람쥐처럼 곤궁하네.
> 꼬끼오 닭 울음소리에 깜짝 놀라 문을 여니
> 하늘과 땅, 만물이 형통하게 됨이 기쁘다.*
> ─「병술제야(丙戌除夜)」

"병술년 섣달그믐날 밤에"라는 제목의 이 작품은 서파가 55세 때인 1826년 음력 마지막 날 밤에 지은 시이다. 지금은 백세

---

* 點檢今年做甚工, 明朝五十五齡翁, 朋遊送盡重泉下, 世界捱過苦海中, 人以說經 爲狗曲, 我非多技尙題窮, 一聲雞報驚開戶, 喜是坤乾萬物通.

시대라 하여 55세라면 아직도 한창 일할 나이이지만 서파가 살았던 당시에는 인생을 정리해야 할 노년기였다. 60세를 넘기는 이가 많지 않기에 환갑잔치를 성대하게 치르던 풍속이 20세기 중후반까지 있었다는 사실이 새삼 놀랍다.

한 해를 보내는 소감을 읊은 이 시에서 노년기에 접어든 서파는 함께 교유하던 벗들 대부분이 세상을 떠나 외로운 신세인데다 하루하루 살아가는 삶 자체도 마치 바다를 건너는 것처럼 힘들다고 토로한다. 경제적인 어려움 때문만은 아니다. 불변의 진리로 받아들였던 유가사상이 부정되는 당시 사회의 분위기를 더 참을 수 없었던 것이다.

앞에서도 언급했지만 임진왜란과 병자호란을 거치면서 조선 사회를 지탱하던 중세적 질서가 흔들리기 시작한다. 지배층과 피지배층으로 구분되던 사회 구조에 균열이 생기게 된 것이다. 문학사에서는 이 시기를 중세에서 근대로 이행하는 시기로 규정한다. 질서 체계의 붕괴는 서학이 유입되면서 한층 더 가속화되었다. 중세 질서의 논리는 성리학에서 뿌리를 찾을 수 있는데, 서학의 유입으로 세계관이 흔들리면서 절대적인 진리였던 성리학을 대하는 태도에서도 변화가 일어난다. 유교 경전을 절대적으로 신봉하고 신성시하던 성리학의 시대, 주자의 시대는 이제 끝이 난 것이다. 『논어』니 『맹자』니 하는 말을 사람들이 '개소리[狗曲]'로 치부한다고 한 표현이 저속하지만 신선하다. 서파에게는 한평생 진리라 믿

고 공부했던 자신의 삶 자체가 부정되는 것이기에 이러한 세태를
도저히 받아들일 수 없었던 울부짖음이기도 하다.

또 곤궁한 날다람쥐라는 표현이 나오는데, 이는 '오서오기
(鼯鼠五技)' 또는 '오서기궁(鼯鼠技窮)'이라는 고사를 차용한 것이다.
날다람쥐가 날기, 나무 오르기, 헤엄치기, 구멍 파기, 달리기 등의
다섯 가지 장기를 가지고 있으나 그 가운데 어느 한 가지도 최고의
경지에는 오르지 못한다는 뜻인데, 정작 서파 자신은 다양한 기술
도 없으면서 곤궁하게 지낸다는 역설적 표현이다. 다른 것에 관심
을 두지 않고 오로지 한평생 학문 하나에만 몰두하였다는 점을 암
시하는 것으로 읽힌다.

결론에서는, 변해버린 사회 세태를 걱정하고 자신의 삶을
한탄하다 보니 어느새 새벽닭이 울어 새로운 한 해가 또 시작되었
다고 하였다. 『주역』에서는 음력 11월에 하나의 양효(陽爻)가 처음
으로 생겨났다가, 이듬해 1월이 되면 세 개의 양효가 하괘(下卦)에
자리하고 세 개의 음효(陰爻)가 상괘(上卦)에 자리한다고 하여 이를
태괘(泰卦)라 부른다. 음양의 기운이 조화되어 천지 만물이 질서를
찾고 형통하게 되는 삼양개태(三陽開泰)가 정월 초하루에 시작된다
고 보기 때문이다. 서파도 지난해는 암울하게 흘러갔지만 새롭게
시작되는 새해에는 뭔가 달라지고 나아질 것이라는 희망을 놓지
않았던 것이다.

야윈 몸에 빠진 머리로 가난한 초가에서 탄식하노니
조만간 이 몸도 썩은 풀처럼 흙으로 돌아가겠지.
노비가 내 재주 아끼지 않으니 영사에게 부끄럽고
아이는 짝이 없을 정도로 나태하니 큰 놈을 어이 할고.
올해는 풍년이라 보리밥이나마 사발 가득 담을 만하고
낮이 길어지니 소나무 그늘이 빈 창틈으로 들어온다.
날마다 경전에 주석 다느라 병든 눈 비비는데
다음 세상에서 양자운이 혹시라도 알아줄까?*

_「장하고상서고문간작(長夏考尙書古文間作)」

이 작품은 서파가 53세 때인 1824년에 지은 시이다. 제목은
"한여름에 『상서(尙書)』를 읽다가 잠깐 틈을 내어 짓다"라는 뜻이
다. 한나라 무제(武帝) 말년에 노공왕(魯恭王) 유여(劉餘)가 궁실을
확장하던 중에 우연히 공자가 살던 옛집의 벽 속에서 수십 편의 서
책을 얻었는데, 그 가운데 하나가 『고문상서(古文尙書)』다. 초기 문
자인 과두문자(蝌蚪文字)로 쓰여 있어 공자의 12대손인 전한(前漢)
의 대유(大儒) 공안국(孔安國)이 주석을 달았다고 전해진다. 그런데
동진(東晉)의 매색(梅賾)이 『고문상서』를 발견했다고 하면서 공안

---

* 皮枯髮落歎窮廬, 畢竟身歸草腐如, 奴不愛才慚穎士, 兒無匹惰奈阿舒, 年豊麥飯
充盂足, 晝永松陰入牖虛, 日日箋經揩病眼, 子雲來世或知渠.

국이 지었다는 『공안국상서전』도 같이 임금에게 올렸는데, 후대에 위작임이 밝혀지기도 하였다. 그만큼 유교 경전 가운데 논란이 많고 어렵기로 유명한 책이다.

위의 시에는 고사가 몇 개 인용되었다. 먼저 당나라 문인 소영사(蕭潁士)가 등장한다. 그는 박학하기로 소문이 났지만 자신을 모시는 종을 자주 매질하던 고약한 성품의 소유자다. 어떤 사람이 10년 동안 매질을 당하던 종에게 떠날 것을 권하자, 종이 "내가 떠나지 못하는 것은 그의 훌륭한 재주를 사랑해서다"라 하고는 끝내 떠나지 않았다는 고사가 전한다. 아무리 악질 주인이지만 재주가 뛰어나기에 존경한 것인데, 서파는 자신은 그만한 재주가 없어서 종들의 존경을 받지 못한다고 한 것이다.

다음으로 아서(阿舒)가 등장하는데, 이는 도연명(陶淵明)의 첫째 아들이다. 도연명이 「책자(責子)」라는 시에서 "비록 다섯 아들이 있긴 하나, 모두가 문학을 좋아하지 않아서, 큰아들 서는 열여섯 살이 되었으나 본디 게으르기 짝이 없고, … 통이란 놈은 아홉 살이 되어가지만 배와 밤만 찾는구나"라 한탄하였다.

마지막으로 한나라의 유명한 학자 양웅(揚雄)이 등장한다. 동시대를 살았던 유흠(劉歆)이 양웅의 『태현경(太玄經)』과 『법언(法言)』을 본 뒤에 지금 사람들은 학문에 전혀 관심이 없으니 그 책을 사람들이 항아리 덮개로나 쓸까 걱정스럽다고 하자 양웅은 웃기만 하고 대답하지 않았다고 한다. 지금 시대에는 가치를 인정받지 못하지만 후세에 반드시 자신의 학문을 이해해줄 인재가 나타나기를 기다린 것이다. 서파도 언젠가는 자신의 학문을 인정해줄 누군가가 반드시 나타날 것이라 확신하면서 흐릿한 눈을 비벼가며 밤낮 가리지 않고 경전에 주석을 다는 작업을 하고 있는 것이다.

'삼불후(三不朽)'라는 말이 있다. 영원히 썩지 않을 세 가지 일로, 덕을 세우는 것[立德], 공을 세우는 것[立功], 말을 세우는 것[立言]을 말한다. 이 가운데 입덕(立德)과 입공(立功)은 백성을 잘 보살피고 구제하는 일이기에 관리가 되어야 할 수 있는 일이다. 그에 비해 입언(立言)은 관리가 아닌 이도 행할 수 있으니 의미 있고 가치 있는 글이나 책을 남기면 가능한 일이다. '불후의 명작'이라는 표현과 동일하다. 서파는 공부하는 것이 좋아서 한평생 학문에 매진하였지만, 그의 마음속에는 후세까지 영원히 전해질 의미 있는 글을 남기고 싶다는 바람도 분명히 있었음을 알 수 있는 대목이다. 그런 면에서 비록 당대에는 불우했지만 서파의 삶은 결코 불우한 것이 아니라 평가할 수 있을 것이다.

4 시마에 씐 시인이 읊은 19세기 조선 사회

서파는 학자이면서 시인이다. 학문 연구에 평생을 바쳤지만, 말년에 쓴 시에 "시마는 끝까지 인연이 깊어, 매번 좋은 날 되면 시 짓느라 고생한다"*라 읊었듯이, 시인이라는 의식을 항상 지니고 있었다. '시마(詩魔)'는 귀신에 씐 듯 병적으로 시를 좋아하는 취향을 비유하는 표현이다. 서파는 중국의 시와 비슷해지려 힘쓰던 조선 시단의 풍조를 비판하고, 자신이 살고 있는 공간과 시대를 충실하게 드러내고자 하였다. 서파의 한시를 따라 19세기 조선 사회로 가보자.

* 詩魔終是因緣重, 每值良辰覓句難.

문 닫으면 방 안에 벼룩이 있고

문 열면 숲에는 모기가 있네.

날카로운 부리로 제철을 만나

있는 곳마다 번번이 떼 지어 달려드네.

벌거벗은 몸이 괴로움 감당하지 못해

쫓아내려 할수록 오히려 더욱 날뛴다.

천시가 때마침 이 시기에 해당하니

어느 곳인들 그대를 피할 수 있으랴.

서릿바람 불어올 때 앉아서 기다릴 수밖에

손과 피부 트는 걸 원망치 않으리라.**

_「효한시삼수(效韓詩三首)」의 세 번째 작품

35세 때인 1807년 봄, 서파는 학문에 더 매진하기 위해 교
유하던 벗들과 함께 공부할 수 있는 건물을 별도로 짓고 '취변당(聚
辨堂)'이란 당호를 붙였다. '취변(聚辨)'이란 말은 "배움을 목적으로
함께 모이고, 질문을 통해 의문을 풀어간다"***는 문장에서 따온
이름이다. 특정한 스승을 두지 않고 벗들이 서로 토론을 하며 의문
을 풀어나가는 방식으로 운영하자는 규정에서 유래한 말로, 이 시

** 閉門席有蚤, 開門林有蚊, 利口方得意, 所在輒成羣, 赤身不堪苦, 欲驅愈紛紛, 天
時適當此, 何地可避君, 坐待霜風寒, 不怨手皮皶.

*** 以學而聚之 以問而辨之.

61

기에 지은 시들을 『취변당집(聚辨堂集)』이라는 제목을 붙여 별도로 엮었다.

위의 시는 36세인 1808년 어느 여름날에 지은 시이다. "한유(韓愈)의 시를 본떠서 쓴 시"라 하였는데, 당나라의 문인인 한유는 당송팔대가의 한 사람으로 칭해지는 것에서 알 수 있듯 문장에서는 뛰어난 재능을 인정받았다. 그러나 운문인 시에서는 이백(李白)이나 두보만큼의 칭송을 받지는 못하였다. 한유의 시는 기존과는 다른 새롭고 기이한 어구를 많이 쓰는 난해한 시풍으로 알려져 있다. 모기에 고통받는 인간의 모습을 한시의 소재로 삼았다는 점과 산문처럼 이어지는 전개 방법을 구사한 것이 한유의 시풍을 본뜬 것으로 생각된다. 한유의 시 가운데 "아침 파리는 쫓을 수 없고, 저녁 모기는 잡을 수 없다네"*라는 구절이 있기도 하다.

예나 지금이나 여름철이면 만나게 되는 반갑지 않은 불청객이 바로 모기다. 지금은 방충망과 다양한 모기 퇴치제가 있어서 그나마 덜 성가시지만 옛날에는 문이나 창에 주렴을 치거나 쑥을 태워 연기를 피우는 것이 모기를 막는 방법의 전부였다. 시에서는 먼저 여름철 모기로 인한 고통을 읊었다. 학문에 매진하고자 다짐하였건만 여름철 열기를 참지 못해 방문을 열고 옷도 벗은 채 앉아서 책을 보자니 밖에 있던 모기들이 떼를 지어 달려든다. 불을

---

*   朝蠅不須驅, 暮蚊不可拍.

<u>끄</u>면 되지만 책을 좋아하는 시인은 그럴 수가 없다. 모기에게 한 참 시달림을 당한 시인은 체념과 달관의 경지에 오른다. 계절적으로 모기가 날뛰는 시절이기에 고통을 받아들이는 달관과 찬바람이 불어 모기들이 자연스럽게 사라질 날만을 기다릴 수밖에 없다는 체념이 엿보인다. 모기도 미물이지만 자연의 일부이기에 그들의 존재를 인정하는 유학자의 아량이라 한다면 지나친 비약일까?

이 풀이 맛이 맵고 쓰다고 해서
잠깐이라도 어찌 멀리할 수 있겠는가.
근심은 묻어놓은 땅이 있는 듯하고
졸음은 시도 때도 없이 달라붙네.
손님 보내고 언제나 홀로 앉아
책을 봐도 환한 생각 떠오르지 않을 땐
다행스럽게도 연기 한번 빨아들이면
활기가 가슴속 기름지게 한다네.**
_「담파초(淡巴艸)」

이 작품은 서파가 28세인 1800년에 쓴 시이다. 1800년 정

** 此艸味辛苦, 須臾何不離, 愁如埋有地, 睡可着無時, 謝客常孤坐, 看書無曠思, 幸將烟號吸, 活氣潤胸脾.

조가 승하하자 서파는 관리의 신분은 아니지만 노래나 음악을 모두 끊었다. 옛날 요임금이 세상을 떠나자 세상 사람들이 슬퍼하느라 천하에 음악소리가 들리지 않았다는 고사를 차용한 것이다. 음악은 끊어도 시는 지었기에 이 시기에 지은 시를 『알음집(遏音集)』이란 제목을 붙여 엮었다.

위의 시는 담배를 소재로 쓴 시이다. 제목의 "담파초"는 'tobacco'의 음역(音譯)으로, '담파고(淡巴菰)', '담파고(淡婆姑)'라고도 표기한다. 서파는 위의 시에서 담배가 맵고 쓰지만 잠시라도 멀리할 수 없다고 하면서 그 효용을 서술했다. 근심이 많을 때, 잠이 쏟아질 때, 책을 봐도 머리에 잘 들어오지 않을 때 담배를 한 모금 빨아들이면 가슴속에 기름을 칠한 듯 개운해진다고 하였다. 담배를 피워본 사람이라면 수긍할 수 있는 대목이다.

일본으로부터 유입된 것으로 알려진 담배는 조선 후기에 접어들면서 크게 유행하였다. 조선 후기 풍속화를 살피면 남녀노소 가릴 것 없이 담뱃대를 들고 있는 모습이나 담배를 피우는 장면을 쉽게 찾아볼 수 있다. 한문 사대가의 일원이자 애연가로 알려진 장유(張維, 1587~1638)는 『계곡만필(谿谷漫筆)』에서 "위로 공경(公卿)으로부터 아래로 가마꾼과 나무하는 아이, 목동에 이르기까지 피우지 않는 자가 없을 정도이다. … 지금 세상에서 피우지 않는 사람들을 찾아보면 백 사람이나 천 사람 중에 겨우 하나나 있을까 말까 할 정도이다"라 하였다.

서파도 담배를 꽤나 즐긴 것으로 보인다. 담배를 소재로 한 또 다른 시의 주석에서는 옛날에는 담배를 주제로 시를 쓴 사람이 없었는데 당시 민간에서 담배가 매우 유행하여 일부러 쓴다고 하였고, 당나라 때 유명한 시인인 유우석(劉禹錫)이 '떡[餹]'이란 글자를 한시에 쓰고 싶었지만 그런 글자가 오경(五經)에 없는 글자라 하여 쓰지 않았다가 송나라 시인 송기(宋祁)에게 조롱을 받았다는 고사를 인용하기도 하였다.

한시는 원래 최상위 식자층의 전유물이라 할 정도로 품격 높은 장르이기에 고상함과 우아함을 덕목으로 여긴다. 그렇기에 저속한 시어는 함부로 쓰지 않았는데, 송나라에 들어서면서 이러한 불문율이 깨져버린 것이다. 송나라 시인들은 한시의 전성기이자 완성기로 평가받는 당나라 시와는 다른 새로움을 추구하고자 하였다. 그 결과 시의 제재가 생활에 더욱 밀착되었고, 산문의 구법을 수용하여 서술적이고 산문적인 경향이 강하였으며, 감정을 최대한 절제하여 표출하고자 하였다.

송나라의 시는 당나라 시와는 또 다른 면에서 최고의 경지에 이른 것으로 평가받는다. 이는 소동파나 구양수 등 송나라의 대표적인 시인들이 풍부한 학식을 바탕으로, 시의 표현이나 내용에서 우아함과 저속함을 가리지 않고 자신이 보고 느낀 것을 자신의 사상 속에 자연스럽게 융화시킨 덕분이다. 서파는 이러한 송나라 시의 가치를 높이 평가하면서 배우고자 하였다. 그렇기에 담배처럼 속된 것을 시의 제재로 사용하거나 앞의 시에서 나왔듯이 '개소리'와 같은 저속한 시어를 그대로 사용하면서 신선함과 새로움을 추구하였다. 이런 경향을 한시사에서는 '저속한 것을 활용하여 우아함을 추구한다'는 의미인 '이속위아(以俗爲雅)'의 기법이라 한다.

봄날을 아쉬워하는 괴로움은 미인과 같으니
올 때는 더디기만 하더니 갈 때는 빠르구나.
꽃이 이미 피었으니 벌써 곡우도 지나갔건만
보리 패기도 전에 오히려 다시 봄바람 그리워지네.
친한 벗의 편지 도착하여 촛불 밝혀 펼쳐보고
관리의 세금 징수에 항아리 곡식 벌써 비었네.
마을에 술이 익었다 부르기에 홀로 일어나 춤추니
이웃에서 미친 늙은이라 비웃어도 꺼리지 않으리.*

_「석춘(惜春)」

이 작품은 서파가 27세 때인 1799년 어느 봄날에 쓴 시로, 어느새 지나가 버린 봄날에 대한 아쉬움을 읊었다. 따뜻한 봄을 기다리는 마음은 예나 지금이나 다를 게 없나 보다. 오죽하면 이백은

---

*　惜春苦與美人同, 來得遲遲去得悤, 花後已曾經穀雨, 麥前猶復想條風, 親朋書到燭華發, 官吏租徵甁粟空, 且喚邨酤獨起舞, 不妨鄰里笑狂翁.

봄날이 너무 짧기에 잠자는 시간도 아까워 한밤중에도 촛불을 켜고 술을 마시며 즐겼다 하지 않았던가.

곡우(穀雨)가 지나고 아직 보리가 익기 전이라 하였으니 봄날이 완전히 가버리지 않은 시절이건만 벌써 봄바람이 그리워진다고 한 표현에서 진한 아쉬움을 느낄 수 있다. 넷째 구절에 나오는 조풍(條風)은 동지로부터 45일이 지나 봄이 본격적으로 시작되는 입춘에 부는 바람을 말한다. 때마침 벗의 편지가 도착하여 촛불을 밝혀 읽어본다고 하였다. 봄이 오면 한번 만나자는 반가운 소식이 담겨 있을 것이다. 오랜만에 친한 벗들을 만나 즐거운 한때를 보낼 기대감은 봄이 되면 항상 찾아와 항아리 바닥까지 훑어가는 관리들의 수탈에 대한 걱정으로 여지없이 깨져버린다. 기대감과 걱정이 함께 어우러져 시인의 마음은 복잡할 수밖에 없는데, 때마침 이웃에서 술이 익었다고 부르니 미친 늙은이처럼 일어나 덩실덩실 춤을 춘다. 복잡한 고민을 잠시나마 잊을 수 있는 유일한 방법이 술인 것이다.

위의 시에서 더디게 왔다가 빠르게 가버리는 봄날에 대한 아쉬움을 미인에 비유한 것이 무엇보다 새롭다. 미인을 그리워하는 마음은 남성의 본성이지만, 인간의 욕망을 억제의 대상으로 여겼던 성리학자들의 시에서는 볼 수 없는 표현이기 때문이다.

봄은 한시의 단골 소재이기에 봄에 대한 아쉬움을 읊은 한시는 매우 많다. 그런데 흘러가는 강물이나 쏜살같이 지나가는 화살에 비유하는 것이 대부분이다. 봄날의 아쉬움을 미인과의 짧은 만남과 긴 이별에 비유한 것은 서파의 시에 보이는 독창적인 면모 이다. 이러한 표현도 속되기는 하지만 누구나 수긍할 수 있는 '이 속위아'의 또 다른 예가 될 것이다.

> 닭 잡고 막걸리 아우른 새참
> 가을 분위기는 농민에게 있구나.
> 옥돌에 터니 쌀이 비 오듯 쏟아지고
> 멍석 폈다 줄였다 하며 먼지 털어내네.
> 계획대로 하다 보니 한 해가 끝나가는데
> 공적을 매겨보면 봄부터 시작된 것이라네.
> 윗사람 아랫사람 모두 이익을 취하지만
> 균등하게 나누는 것은 인이 아니라네.*
>
> ─「관타화(觀打禾)」

"타작하는 것을 구경하며"라는 제목의 이 작품은 서파가 27세 때인 1799년 어느 가을날 마을에서 타작하는 광경을 보고 쓴 시이다. 모처럼 거창하게 닭을 삶아 막걸리를 곁들인 새참을 먹고

---

* 黃雞白酒醵, 秋色屬農人, 雨粟砆攻擊, 吹塵席屈伸, 運籌將卒歲, 序續自開春, 上下交征利, 分均未是仁.

벼를 타작하는 농민들의 모습을 참된 가을 풍경이라 한 표현이 색다르다. 일반적으로 울긋불긋 단풍이 든 산이나 노란 국화가 핀 아름다운 풍광이 가을을 상징하는 대표적인 이미지인데, 서파는 평범한 농민에게로 시선을 돌린 것이다. 직접 농사를 지으며 살았기에 가을날 농민들이 타작하는 모습에 특별한 정감을 느낀 것이다.

둘째 연에서는 전통 시대의 타작하는 모습을 그대로 서술하였다. 먼저 넓은 마당에 멍석을 깔고 그 위에 커다란 돌을 놓는다. 논에서 벼를 베어 말렸다가 돌에 털어서 낟알을 분리하고, 깔아놓은 멍석을 폈다 모았다 하면서 먼지와 불순물을 제거한다.

시의 후반부에 가면 현실로 돌아와 지식인의 관점에서 느낀 견해를 밝혔다. 봄에 논을 갈고 모내기를 하면서 시작되었던 한 해 농사가 어느덧 수확의 즐거움을 누리는 시기가 된 것이다. 논을 가는 것에서 시작하여 마지막으로 타작하는 일까지 순서대로 진행되는 벼농사의 단계를 전투에서 장군이 미리 작전을 세우고 그 작전에 맞춰 군사를 운용하는 것에 비유한 것이 신선하다.

마지막 연에서는 직접 농사를 짓는 농민과 아무것도 하지 않은 채 농민들이 거둬들인 결실을 세금이란 명목으로 받아가는 관리를 대비하였는데, 관리가 세금으로 곡식을 받아가는 일 자체는 긍정하면서도 농민과 똑같이 분배하는 것은 참된 인(仁)이 아니라고 하였다. "윗사람과 아랫사람이 서로 이익을 취하면 나라가 위태로워진다"*라는 맹자의 말을 시의 한 구절로 그대로 차용하면서도 맹자가 하고자 한 말과 다른 의미로 변화시킨 기법이 탁월하다.

유교 경전을 포함하여 옛사람의 말을 시어로 차용하는 구법도 송나라 시의 특징인데, 특히 송나라 시단의 대표적인 부류로 평가받는 강서시파 시인들이 즐겨 구사하던 기법이다. 이 기법을 '철을 녹여서 더 가치 있는 금을 만든다'는 의미로 '점철성금(點鐵成金)'이라 한다. 그런데 중요한 점은 표절이라는 혐의를 벗기 위해서 기존의 의미와는 다른 새로운 의경을 창출한다는 것이다. 맹자는 지배 계층과 피지배 계층이 모두 자신의 이익만을 추구하다 보면 결국은 나라가 위태로워질 것이라는 의미로 말하였는데, 서파는 맹자와 다른 의미를 부여하였다. 다음 구절과 연결시켜 백성들의 피땀이 묻은 수확물을 지배계층이 너무 많이 거둬가는 조세제도에 대한 비판의식을 담은 것이다. 이는 수확물의 절반을 거둬가는 것은 세금 징수가 아니라 수탈이라 보았기 때문이다.

짧고 가는 놈은 피같이 붉고
좀 큰 놈은 명아주같이 파랗다
사람을 향해 오거니 가거니 날아다니고
물에 점을 찍으며 높고 낮게 가네.
눈빛은 구슬과 아름다움 다투고

* 　上下交征利 而國危矣.

70

몸체는 대나무 비녀를 닮았다.

거미가 거미줄을 여기저기 쳐 놓았으니

삼가 처마 근처엔 얼씬도 말거라.**

_「청정(蜻蜓)」

"잠자리"라는 제목의 이 작품은 서파가 22세 때인 1794년 유배지인 전라도 해남에서 지은 시이다. 서파는 이해 2월에 칠촌 관계인 류성대(柳聖台)의 과거시험 비리에 연루되어 용인의 양지옥(陽智獄)에 수감되었다가 전라도 해남으로 귀양을 가게 된다. 어린 나이에 억울하게 유배를 가게 된 서파의 심정은 착잡하고 고민도 많았을 것이다. 그나마 유배를 간 곳이 공교롭게도 해남이라는 점에서 조금이나마 위안을 찾았다. 서파가 문학과 삶에 있어서 평생의 전범(典範)으로 삼았던 송나라 대문호 소동파의 최후 유배지가 바로 해남도(海南島)였기 때문이다. 서파는 소동파와 동일한 지명을 가진 곳으로 유배를 간 것을 위로 삼기도 하고, 소동파를 그리워하며 그의 시에 차운하는 시를 짓기도 하였다.

위의 시는 잠자리를 소재로 하여 쓴 시이다. 앞에서도 언급하였듯이 한시는 고상함과 우아함을 추구하는 최상위 문학 장르

** 短細紅如血, 翄長碧似藜, 向人翔進退, 點水去高低, 眼色爭珠顆, 身形肖竹笄, 蜘蛛多結網, 愼莫近簷栖.

이기에, 특히 당나라 시인들의 경우 미물을 시의 주제나 제재로 사용한 경우가 거의 없다. 그러다가 송나라에 접어들면서 주변의 모든 것이 시의 대상이 되는데, 이러한 송나라의 시풍을 서파도 그대로 수용한 것이다.

앞의 세 연에서는 모두 잠자리의 모습을 묘사하였다. 붉은 빛을 띠는 고추잠자리, 푸른빛을 띠는 왕잠자리, 비녀처럼 긴 몸뚱이와 유달리 크고 둥근 눈, 알을 낳기 위해 웅덩이에 계속하여 꼬리를 담그는 잠자리의 행위를 섬세한 감각으로 관찰하고 한시의 형식으로 읊었다. 마치 천진난만한 어린아이의 그림일기를 보거나 동시를 읽는 것과 같은 착각이 들게 한다.

그러나 어린아이의 순수한 시선은 마지막 연에 와서 사라진다. 거미줄에 걸릴 위험이 있으니 거미줄을 쳐놓은 처마에는 얼씬도 하지 말라는 시인의 목소리는 잠자리의 목숨을 걱정하는 단순함을 넘어선다. 잠자리에 자신의 처지를 이입하였기 때문이다. 거미줄에 걸려 벗어나지 못하는 잠자리처럼 자신의 의도와는 상관없는 사건에 얽매어 억울한 유배 생활을 하고 있기 때문이다. 서파의 인생에서 최초이자 마지막 유배 생활은 그리 길게 가지 않았다. 이듬해 봄에 서파는 유배에서 풀려나 고향으로 돌아간다.

5 해학과 위트 그리고 다양한 형식의 실험

     서파의 한시는 주변의 자잘한 것을 소재로 하고 저속한 표현을 시어로 구사하는 등 지극히 통속적이라는 특징이 있다. 이와 더불어 또 다른 특징으로 거론할 수 있는 것이 해학적인 시와 다양한 형식의 이체시(異體詩)를 다수 창작하였다는 점이다. 이는 비단 서파의 시에서만 볼 수 있는 경향이 아니라 조선 후기 한시에 전반적으로 드러나는 면모이기도 하다. 단순한 언어유희를 넘어서는 서파의 또 다른 시 세계로 여행을 떠나보자.

두 개의 至가 나란히 있으니
이 새벽은 무슨 날인가(晉)

야박한 말로 답하니

아직 거기에서 酉를 점하지 않았네(州)

저 높은 나무를 바라보니

때마침 올바른 卯에 해당되네(柳)

이미 길한데다 또 오래 되었으니

어찌 任에서 壬을 비우랴(僖)

共에서 兀을 분리하고

사람은 戌을 멀리한다(戒)

말하지 않아도 믿으니

申에서 一을 빼버리네(仲)

먼저 세우는 것은 오직 言이고

뒤따라 己를 삼는다(記).*

　　ㅡ「이합시효약천체(離合詩效藥泉體)」

　　"이합시, 약천체를 본뜨다"라는 제목의 이 작품은 서파가
54세 때인 1825년에 지은 시이다. 이 해에 서파는 초명인 '경(儆)'
을 버리고 '희(僖)'로 개명한다. 개명한 것을 근거로 이 시기 지은
시들을 『역명집(易名集)』이라 명명하였다. 서파는 20대 젊은 시절

**　*　二至相並 此晨何辰(晋), 薄言酬之 未卜其酉(州), 瞻彼喬木 適值維卯(柳), 旣吉且
古 曷任孔壬(僖), 與共分兀 人則遠戌(戒), 不言而信 非一其申(仲), 先立維言 從以爲己
(記).

74

에 이미 과거에 응시하지 않겠다고 다짐하였는데, 이해에 둘째 누이의 읍권(泣勸)에 못 이겨 소과(小科)에 응시하여 생원시(生員試)에 합격한다. 조선시대에 과거 급제자는 선배들의 짓궂은 장난인 신은례(新恩禮)를 거쳐야 한다. 서파도 이 경험을 하는데 선배들이 개명한 것을 문제 삼자 "빈한한 선비는 죽어도 시호(諡號)를 받지 못하니, 죽기 전에 직접 시호법(諡號法)에서 따와 개명하였다"라 하였다. 자신감과 자조감이 섞인 대답이다.

　　위의 시는 제목에서도 밝혔듯이 이합시(離合詩)이다. 이합시는 글자의 일부를 떼어 내고 남은 글자를 다시 맞추어 자신이 의도하는 글자를 조합하는 것으로, 한시 안에 글자를 숨긴다고 하여 장두체(藏頭體)라고도 한다. 글자의 분리와 결합의 과정을 통해 시인이 숨겨놓은 글자를 찾는 일종의 수수께끼라고 할 수 있다. 따라서 시의 내용은 서로 연결되지 않는다.

　　서파는 위의 시에서 본인의 관향인 '진주(晉州)', 이름인 '류희(柳僖)', 자(字)인 '계중(戒仲)'과 기록한다는 '기(記)' 일곱 글자를 숨겨놓았다. 이 가운데 몇 가지만 설명해보겠다. 먼저 첫째 연에서 두 개의 '지(至)'가 나란히 있다고 한 것은 '진(晉)'의 윗부분을 말한 것이고, '신(晨)'에서 '진(辰)'을 제거하면 '일(日)'이 된다. 결국 '진(晉)'이란 한자를 위와 아래로 나누어 숨긴 것이다. 둘째 연에서는 '수(酬)'가 아직 '유(酉)'를 차지하지 못했다고 하였으니 결국 '수(酬)'에서 '유(酉)'를 뺀 '주(州)'라는 글자가 된다. 셋째 연에서는 '목

(木)'이 '묘(卯)'를 가지게 되었다고 하였으니 결국 '류(柳)'가 된다. 위와 같은 방법으로 숨겨놓은 글자를 찾아서 풀이하면 '진주(晉州) 류희(柳僖) 계중(戒仲) 기(記)'가 된다.

이합시는 한시로 즐기는 고도의 놀이이기에 아무나 지을 수 없다. 한시를 짓는 기법을 기본적으로 숙지해야 하고, 거기에 더하여 한자를 분석하는 파자(破字)에도 능통해야 가능하다. 위와 같은 시는 희작의 성격이 강하지만 서파의 시적 능력과 풍부한 지식을 보여주는 좋은 예라고 할 수도 있다.

비

어찌

사람 괴롭히나.

한여름에 열기를 잃고

평평한 땅 못이 되었네.

모르겠네 짓궂은 용 노했나

상양의 춤 이미 실컷 보았다.

무너진 제방 보수할 방법 없고

곰팡이는 모든 사물 썩게 하였다.

햇빛 얼핏 보이다 구름 다시 모여들고

저물녘 무지개 끊을 듯이 천둥 다시 친다.

열에 여덟아홉 집 가난하여 솥 걸어놓았는데

하물며 심어놓은 곡식 진흙 속에 묻혀 있음에랴.

유독 뱃사공만 세 배의 이익 남기는 장사꾼이로다.*

_「효자일지십체부고우(效自一至十體賦苦雨)」

"한 글자에서 시작하여 열 자로 끝나는 시체를 본받아 괴
로운 비를 읊다"라는 제목의 이 작품은 서파가 44세 때인 1815년
에 지은 시이다. 이 시기에 서파는 잇달아 상(喪)을 당한다. 1814년
6월에는 부인인 전주 이씨가 세상을 떠나고, 12월에는 이복형인
완이 지병으로 별세한다. 이듬해인 1815년 6월에는 이복형의 아
들인 성장(聖長)이 34세의 나이로 사망하였고, 종형인 숙(俶)도 세
상을 떠난다. 절친했던 벗 윤흡(尹瀹)이 세상을 떠난 것도 이즈음이
다. 연이은 가족과 벗의 죽음으로 상심해 있던 서파는 도교에 경도
되어 이 시기에 지은 시들을 『일전단집(一轉丹集)』으로 엮었다.

위 시는 한 글자로 시작하여 열 글자로 마무리하는 잡체시
(雜體詩)의 일종으로, '일언지십언체(一言至十言體)' 또는 탑 모양이
라 하여 보탑시(寶塔詩), 또는 층계 모양의 시라 하여 층시(層詩)라
고도 부른다. 구마다 글자 수를 하나씩 늘려가되 한시이기에 운을
맞춰야 하는 고도의 기술이 필요하다. 시의 내용은 한여름에 계속

---

* 雨, 如許, 令人苦, 長夏失煦, 平陸成浦, 不識乖龍怒, 已看商羊舞, 頹堤無術可補,
蒸菌有物皆腐, 漏日乍現雲還聚, 暮虹欲截雷更鼓, 十八九貧屋炊懸釜, 況我梁黍屈蟠
在泥土, 獨任舟人之子三倍利賈.

되는 장마의 괴로움을 소재로 하였다. 7구에 나오는 상양(商羊)은 큰비가 올 무렵이면 한쪽 다리를 구부리고 춤을 춘다는 전설의 새 이름이다. 제방은 터지고 사물들이 썩어가는 상황인데도 비는 그칠 생각을 안 한다. 평소에도 열에 여덟아홉 집은 끓일 곡식이 없어서 솥이 텅텅 비었는데, 올해는 논밭에 남아 있던 곡식마저도 이미 진흙 속에 묻혀버린 암담한 상황이다. 그런데 모든 사람이 장마 때문에 큰 고통을 겪고 있지만 이러한 상황이 오히려 대목인 사람들도 존재한다. 바로 뱃사공이다. 웬만한 나무다리는 이미 강물에 휩쓸려 사라졌을 테고, 강을 건너기 위해서는 배를 이용할 수밖에 없기 때문이다.

뱃사공을 포함하여 배를 이용하여 장사하는 뱃사람이 부당하게 이익을 취하는 상황을 풍자하는 시문은 우리나라보다 중국에서 더 흔하게 볼 수 있다. 강의 규모나 수량이 우리보다 훨씬 넓고 많아 배를 이용한 교통이 발달했기 때문이다. 중국의 민요라 할 수 있는 『시경』에는 "뱃사람의 자식은 곰 가죽으로 갖옷을 만들어 입네"라는 시구가 보이기도 한다. 뱃사람뿐만 아니라 그의 자식까지 지나친 호사를 누리는 상황을 우회적으로 비판하고 풍자한 것이다.

글자 수를 하나씩 늘려가되 운자를 맞춰야 하는 형식적 제약에 더하여 서파는 각각의 연마다 대우(對偶)를 맞추는 율시의 기법을 더 가미하였다. 형식적인 면만 고려해서는 안 되고 내용의 전개도 자연스럽고 매끄럽게 이어져야 제대로 된 층시라 할 수 있다. 위의 시는 내용상의 전개도 매끄러운 데다가 '괴룡(乖龍)', '상양(商羊)' 등 비와 관련된 전고(典故)의 적절한 활용, 농민들의 비참한 상황과 부당한 이익을 취하는 뱃사공의 행태에 대한 고발 등이 어우러져 내용에서도 훌륭한 사회 고발시라 할 수 있다.

어르신

어르신.

늙으셨군요.

애석합니다.

누가 알겠습니까

귀신 시기한 것임을.

문장 기운은 태양 꿰뚫고

명성 우레인 양 소문났지요.

계수와 난초로 문을 만들었고

좋은 옥으로 누대를 쌓았지요.

가슴속에는 삼분오전을 다 품었고

눈에는 사방천하를 다 아울렀지요.

뛰어난 자질 일찍 과거에 급제하였고

아무렇지 않게 옥당에서 물러나셨지요.

경연에서 총애받아 하마 관직에 올랐으나

한 번의 지방 관직 어찌 재주 펼 수 있으리오.

종자기는 벗 만나지 못해 헛되이 거문고만 타고

복비처럼 고상하여 세간에 중매 구하지 않았지요.

새 잡는 그물 칠 듯 적막함은 고관 왕래 없어서이고

길게 드리운 백발은 세월이 억지로 재촉한 것이라오.

곳곳에 수많은 가지 드리워 농염함 자랑하는 버드나무

오직 고결한 바위 근처의 매화 한 가지만 상대하셨지요.

노래 불러 마음 표출해도 누가 백설가로 화답하리오.

마음은 계속 자라나 완전히 식어버린 재는 아니라오.

지난밤 바퀴같이 둥근 달 떠올라 윤곽을 드러냈고

새로이 봄 되니 꽃들 어느새 꽃망울 머금었네요.

덧없는 속세 득실에 어찌 마음을 쓰겠습니까.

다만 좋은 시구 찾는 데만 신경 쓰셨지요.

부엌에선 계집종 좋은 차 달여 올리고

이웃 벗 바둑판 들고 다시 찾아오지요.

새 우는 창가에 아침 햇살 비치고

향로에 피운 향불도 사그러드네요.

여러 서적 책상에 펼쳐 있는데

술 들어 술잔에 다시 따르지요.

수염을 한번 훑으며

눈썹 환히 펴지네요.

웃는군요

웃는군요.*

_「박시랑장(종정)부자일지십체요화지위작일편(朴侍郎丈(宗正)賦自一至十體要和之爲
作一篇)」

　　"시랑 박종정 어른이 1부터 10에 이르는 시체를 지어 화답
을 요구하기에 한 편을 짓다"라는 제목의 이 작품은 서파가 59세
때인 1830년에 쓴 시이다. 위에서 살펴본 '일언지십언체'에서 한
걸음 더 나아간 형식으로, 한 글자부터 시작하여 열 글자까지 이어
지고 다시 글자를 줄여가면서 마지막에 한 글자로 마무리하는 기
법이다. 외형적으로는 마름모 모양이 된다. 외형은 특이하지만 역
시 한시이기에 운자를 맞추는 것은 필수이다. 제목에서 알 수 있듯
이 조선 후기 문신인 박종정(朴宗正)이 먼저 짓고 서파에게 화답을
요구하여 지은 시이다. 사적인 자리에서 놀이 삼아 지은 시임을 알
수 있다.

　　박종정은 1755년 실시한 알성문과에서 장원급제하였지만

<hr/>

*　　台, 台, 老矣, 惜哉, 人誰識, 鬼所猜, 文氣貫日, 名聞灌雷, 桂蘭構門戶, 瑤玉築樓
臺, 胸內三墳五典, 眼裏四極八垓, 光龍早應金榜進, 委蛇退自玉署來, 三接之筵久已通
籍, 一麾爲郡易足展才, 鍾期未遇虛券琴中曲, 慮妃何遠不求世間媒, 闃寂雀羅無高軒
之來過, 低垂鶴髮爲流景所驅催, 幾處萬縷繁穠池塘柳, 唯對一枝高潔巖阿梅, 歌以發
之孰和白雪, 心則長矣非全死灰, 昨夜生出月輪郭, 新春養得花胚胎, 何卹俗事得失, 只
務好句敲推, 廚婢■茶至, 隣朋鬪棋廻, 聲窓瞰射, 古爐香煨, 書横案, 酒倒杯, 髯扢, 眉
開, 哈, 哈.

고위 관직에 오르지는 못한 채 물러난 불우한 인물이다. 서파는 타고난 재주에 비해 크게 출세하지 못한 그의 삶을 안타까워하면서 고관대작에게 찾아가 뇌물을 바쳐야만 출세할 수 있는 당시 관료 사회에 대한 비판의식을 은연중에 드러냈다. 관료로서의 삶은 현달하지 못했지만 어딘가에 얽매이지 않고 한가롭게 책을 보거나 시를 짓고 바둑을 두면서 평범하게 살아가는 삶에 만족하고 있을 것이라는 암시를 마지막 구절의 '웃는군요'라는 시어에서 읽을 수 있다. 과거시험에 응시하지 않고 한평생 학업에만 열중한 서파의 삶과 일맥상통하기에 두 사람의 교감과 암묵적 동의는 불가에서 말하는 염화미소(拈花微笑)를 떠올리는 대목이기도 하다.

동방이 밝은 건지 아닌지
달은 하늘 가운데 떠 있네.
달이 밝으면 대낮처럼 온 세상 비춰주지만
진짜 새벽처럼 빛을 내기는 어려운 법.
사람들이 새벽이라 하여 외출한다면
결국 호랑이와 이리를 만날 테고
옷을 새벽이라 하여 밖에다 말린다면
이슬에 젖어 물방울이 뚝뚝.
말이 새벽이라 하여 울어대지만
누가 너에게 여물을 줄 것이며

닭이 새벽이라 하여 울어댄다면

모두 이 닭이 미쳤다고 말하겠지.

부엉이, 올빼미, 박쥐가

새벽이라 하여 바쁘게 허둥대다가

조금 지나 달빛임을 알고는

안심하며 하늘가로 날아간다네.

노인네 눈이 어두우니 어찌 분간하겠는가

해와 달의 덕을 내 상세하게 알려주리라.

달빛은 단지 비추는 곳만 밝게 하지만

아침과 낮은 방과 마루라고 다르지 않다오.*

　_「미구이복형장월야의효욕기위작시지지(彌舅李復亨丈月夜疑曉欲起爲作詩

止之)」

　　"미구 이복형 어른이 달밤에 새벽인 줄 착각하여 일어나려

하기에 시를 지어 만류하다"라는 제목의 이 작품은 서파가 29세

때인 1801년에 지은 시이다. 노인이 달밤을 새벽인 줄 알고 일어

나려 하기에 시를 지어 만류한다는 제목부터 평범하지 않은데, 시

* 　東方白不白, 月在天中央, 月明如晝管一世, 縱使眞曉難爲光, 人謂曉而出, 果然
遭虎狼, 衣謂曉而曝, 濕露漬漣漣, 馬謂曉而嘶, 誰飼汝其糠, 雞謂曉而鳴, 僉曰此雞狂,
鴟鴞與蝙蝠, 謂曉而蒼黃, 少頃知是月, 得意天際翔, 翁老眼昏何能辨, 日月之德吾請
詳, 夜光只得照處明, 朝晝不殊室與堂.

를 읽으면 절로 미소가 지어진다. 전통 시대 민간에는 특별한 시계가 없었기에 햇빛으로 시간을 가늠하였다. 해가 떠올라 훤해지기 시작하면 일과가 시작되는 것이고, 해가 중천에 뜨면 점심이며, 해가 서산으로 기울어 컴컴해지면 밤이 되는 것이다. 계절에 따라 해가 뜨고 지는 시간이 달라지기에 하루의 시작과 끝도 계절에 따라 달라졌다. 하지 즈음에는 하루가 일찍 시작되고 늦게 끝나는 반면, 동지 즈음에는 늦게 시작되고 일찍 마무리되었다.

시에서 눈이 침침해서 해가 떴는지 제대로 판단하지 못하는 노인을 만류하면서 예로 든 것이 기발하다. 달빛을 햇빛으로 착각할 경우의 문제를 나열하였는데, 사람이 착각하여 길을 나섰다가는 사나운 맹수를 만나게 될 것이고, 빨래를 밖에 널면 도리어 이슬이 맺혀 더 습해질 것이라 하였다. 비단 사람만 그런 것이 아니라 동물들도 마찬가지이니, 말이 아무리 울어대도 아침 먹이를 주지 않고, 닭이 울어대면 미친 닭으로 치부될 것이다. 야행성 동물인 올빼미나 박쥐도 허둥대다가 햇빛이 아닌 것을 알고는 안심하며 여유롭게 둥지로 날아간다고도 하였다. 주위에서 흔하게 볼 수 있거나 경험할 수 있는 것을 소재로 하되 시인의 상상력이 가미되어 독자로 하여금 수긍과 웃음을 자아내게 하는 효과를 거두고 있는 것이다. 마지막에는 친절하게 햇빛과 달빛의 차이점을 설명해주는데 특별히 심오한 내용을 담고 있는 것도 아니다.

햇빛과 달빛도 구분 못할 정도로 노쇠한 노인을 대하는 서파의 태도에서 비아냥이나 불손함이 느껴지지는 않는다. 노인에 대한 애정이 바탕에 깔려 있기 때문이다. 늙어가는 것은 인간을 비롯한 모든 생명체의 숙명이다. 숙명을 거스르고자 하는 인간의 노력이 얼마나 부질없는 짓인지 생각해보게 된다.

> 모기 새끼들 제철을 만나
> 날카로운 부리로 떼를 지어 다니다가
> 소를 보자 마르고 병들었다 업신여겨
> 다투어 피를 빠느라 상처까지 생겨났네.
> 고통 참으며 꼬리 흔들어 쫓아보지만
> 쫓으면 쫓을수록 더욱 날뛰네.
> 소의 몸은 단지 크기만 할 뿐
> 모기 막을 힘도 없구려.
> "모기야 너무 심하게 물지는 말아라
> 너와는 예전부터 원한이 없었잖니."*
> _「문우도(蚊牛圖)」

이 작품은 서파가 27세 때인 1799년에 쓴 시이다. "모기와

* 蚊子乘天時, 利嘴自成群, 遇牛欺羸病, 爭咬血成痕, 忍苦揮尾驅, 愈驅愈紛紛, 牛身徒許大, 無力可制蚊, 願蚊莫甚咬, 與爾曾無寃.

소를 그린 그림"이라는 제목부터 특이하다. 소가 한가롭게 풀을 뜯는 장면이나 소의 등에 올라타 풀피리를 부는 목동 또는 스님을 그린 그림은 흔하게 볼 수 있지만, 소 주위를 맴도는 모기까지 함께 그린 그림은 아마 없을 것이다. "모기와 소를 그린 그림"이란 제목은 소를 그린 평범한 그림에 서파의 상상력이 가미된 것으로, 서파의 독창성과 상상력을 엿볼 수 있는 시라 하겠다.

앞에서 서파가 한여름에 모기 때문에 고생하는 상황을 묘사한 시를 살펴보았다. 모기는 인간에게만 성가신 존재가 아니라 동물들에게도 마찬가지다. 그나마 인간에게는 방충망이나 모기향, 모깃불 등 모기를 멀리할 방도라도 있지만, 동물들은 자신의 꼬리로 몸뚱이에 달라붙은 모기를 쫓는 것 이외에는 뾰족한 방법도 없다. 하긴 몸 전체가 두꺼운 가죽으로 둘러싸여 있기에 연약한 피부를 지닌 인간보다는 덜 괴로울 수도 있을 것이다.

풀을 뜯다가도 노상 꼬리를 흔드는 소의 모습에서 모기에게 고통받는 소의 심정을 읽어낸 서파의 관찰력이 우선 놀랍다. 일반인이라면 소를 그린 그림을 보고 평화로운 전원의 낭만이나 소의 우직함을 떠올릴 것이고, 사찰의 처마에서 〈심우도(尋牛圖)〉를 본 경험이 있다면 불교에서 말하는 구도(求道)의 험난함을 생각할 것이다. 그런데 서파는 그림에는 등장하지도 않는 모기를 떠올린 것이다. 덩치에서는 비교도 되지 않는 소와 모기의 싸움! 그러나 승자는 놀랍게도 모기다. 떼를 지어 달려드는 모기에게 물려 상처까지 생긴 소는 결국 모기에게 항복을 선언하고 애원한다. 너와 원래 특별한 원한도 없는 사이이니 너무 심하게 물지는 말아 달라는 애원이다. 이 장면에서 독자는 애잔함과 함께 폭소를 터뜨리게 된다.

27세 젊은이의 기발한 상상력이 더해진 위의 시는 해학과 위트라는 면에서 탁월한 문학적 성과를 거뒀다. 덩치만 컸지 작은 모기 하나 어쩌지 못하고 쩔쩔매는 소의 모습에서, 높은 지위만 차지하고 백성들을 위한 정사를 제대로 펼치지 못하는 위정자의 무능을 읽고 싶지는 않다. 서파가 위정자들의 무능과 부정부패를 통렬하고 준엄하게 비판하는 시를 많이 짓기는 하였지만, 적어도 위의 시는 젊은이의 천진난만한 상상력만으로도 충분히 뛰어나기 때문이다.

제2부

서파 류희의 한시에 대하여*

*   본 원고는 필자의 박사학위 논문인 『서파 유희의 시문학 연구』(한국학중앙연구원, 2010. 8)를 요약하고 수정한 글이다. 내용을 많이 축약하였고 필요한 부분만 각주를 표기하였기에 소략한 면이 강하다. 좀더 자세한 내용은 필자의 논문을 참고하기 바란다.

1 서론

서파(西陂) 류희(柳僖, 1773~1837)는 18세기 후반에서 19세기 초반을 살다 간 인물로, 위당(爲堂) 정인보(鄭寅普)에 의해 처음 학계에 알려지기 시작하였다.* 위당이 소개한 류희의 저술 『문통(文通)』은 경학(經學), 문학(文學), 사학(史學), 어학(語學), 의학(醫學), 수리학(數理學), 천문학(天文學) 등 한국학 전반에 걸친 저술이 수록된 총서류로, 다산(茶山)의 『여유당전서(與猶堂全書)』에 버금가는 가치

* 위당 정인보가 1931년 《동아일보》에 「조선고서해제」를 연재하면서 그중 하나로 『문통』을 소개하였다. 이보다 앞선 시기인 1928년 『별건곤』 제12·13호 「上下半萬年의 우리 歷史-縱으로 본 朝鮮의 자랑」에 류희가 한글학자로서 정동유 등과 함께 언급되어 있기도 하다.

를 지닌다. 『문통』은 위당의 언급 이후 유실된 것으로 알려졌는데, 후에 서파 후손가에서 보관하여 오던 것을 한국학중앙연구원에서 기증받아 학계에 소개하였다. 이후 류희의 박식함을 증명하는 여러 자료와 방대한 규모의 저술에 관심이 집중되어 다양한 분야에서 새로운 연구물이 나오고 있다.

『문통』에는 「방편자구록(方便子句錄)」이라고 하여 한시 1,500여 수가 수록되어 있으며, 산문 작품과 비평 자료도 다수 남아 있다. 본고에서는 문학가로서의 류희, 즉 한시 작가로서의 면모를 밝혀보고자 한다.

2『문통』을 통해 본 생애와 교유

1) 생애

서파의 생애를 살펴볼 수 있는 자료로는, 조종진(趙琮鎭, 1767~1845)이 쓴 묘지명과 서파의 재취(再娶)인 안동 권씨가 서파 사후 서파의 어린 시절에 대해 시어머니와 시누이에게 들은 기록 및 결혼 후 살면서 목격한 그의 생애를 적은 한글 자료가 남아 있다. 본 절에서는 이 자료에 더하여『문통』에 수록된 한시의 편명과 산문 작품을 검토하여 그의 생애를 재구해보겠다.

현재『문통』에는 다양한 편명을 붙인 시집이 보인다. 문집을 간행할 때 통상적인 체제인 시체별(詩體別)로 정리되어 있는 것이 아니라 창작 순서대로 기재되어 있는 초고본이다. 서파는 자신이 지은 시들을 일정한 기간별로 모아 스스로 편명을 붙였고, 편명을 붙인 연유를 서문의 형태로 서두에 간략하게 서술하였는데, 이를 통해 대체적인 삶의 궤적을 파악할 수 있다. 먼저『문통』에 수록된 시집을 연대순으로 정리해보면 다음과 같다.

편명	연도	연령	수록 작품 수	비고
순유육집(旬有六集)	1788~1793	16세~21세	21제 31수	
영해집(領海集)	1794~1795	22세~23세	17제 25수	
내귀집(來歸集)	1795~1796	23세~24세	39제 79수	
지학집(志學集)	1796~1797	24세~25세	31제 64수	
관청농부집(觀靑農夫集)	1797~1798	25세~26세	89제 115수	
비옹집(否翁集)	1799~1800	27세~28세	132제 176수	
알음집(遏音集)	1800~1801	28세~29세	76제 111수	
좌집(坐集)	1802~1805	30세~33세	59제 71수	
행수단집(杏樹壇集)	1805~1807	33세~35세	55제 79수	
취변당집(聚辨堂集)	1807~1809	35세~37세	37제 54수	
단구처사집(丹邱處士集)	1809~1815	37세~44세	171제 234수	
일전단집(一轉丹集)	1815~1819	44세~48세	126제 155수	상하 2권
성가집(成歌集)	1823~1825	52세~54세	18제 22수	
역명집(易名集)	1825~1835	54세~64세	164제 208수	
남악집(南嶽集)	1835~?	64세~?	23제 41수	
계			1,058제 1,465수	

표에서 제시된 시집의 편명을 중심으로 서파의 생애를 재구성해보자.

서파는 1773년(영조 49) 윤3월 27일 경기도 용인 모현촌에서 태어났다. 초명은 경(儆),* 자는 계중(戒仲), 호는 서파(西陂), 방편자(方便子), 관청농부(觀靑農夫), 남악(南岳) 등을 사용하였다. 부친은 목천현감(木川縣監)을 지낸 류한규(柳漢奎)이며, 모친은 통덕랑 창식(昌植)의 여식으로, 『태교신기(胎敎新記)』를 저술한 전주 이씨 사주당(師朱堂)이다.

서파의 본관은 진주(晉州)로 고려 때 밀직사(密直使)를 지낸 류인비(柳仁庇)가 시조이다. 조선시대에 들어서 서울과 경기 지역에 경제적 기반을 확보하며 경화사족으로 성장 발전하던 가문은 1755년 을해옥사(乙亥獄事)를 거치면서 기울기 시작하였다. 서파의 종조부인 류수(柳綏)는 북천으로 유배를 가다가 홍원에서 사망하고, 류수의 동생 류정(柳綎)은 옥사가 일어나기 몇 해 전에 세상을 떠났으나 역시 삭탈관직당한다. 서파의 부친 류한규도 당시 형조정랑으로 근무하였는데, 류수의 조카라는 이유로 영조(英祖, 재위 1724~1776)의 공초를 직접 받고 옥에 수감되었다가 풀려났다. 이 과정에서 동생인 한기(漢箕)가 자살하였는데, 한규가 숨겼다는 소문이 와전되어 당시 부인이었던 평강 전씨가 스스로 목숨을 끊

---

*   54세에 희로 개명하였다.

는 비극도 발생하였다. 옥에서 풀려난 후 한규는 곧바로 신병을 핑계로 관직에서 물러나 가족을 이끌고 서울에서 용인 구성(駒城)의 선영 아래로 거처를 옮긴다. 이후 정조가 왕위에 올라 소론 계열을 재등용하면서 경릉령(敬陵令)을 거쳐 1779년 6월에 목천현감을 제수받고 부임하였으나, 당시 도백(道伯)이 조카인 이병정(李秉鼎)이었기에 친혐(親嫌)을 받아 9월에 그만두고 돌아와 1783년 6월에 세상을 떠난다. 류한규는 모두 네 명의 부인을 두어 사이에 2남 5녀를 두었다. 네 번째 부인으로 맞아들인 이가 바로 사주당으로, 서파 외에 3녀를 두었다. 부친이 세상을 떠날 때 서파의 나이 11세였다.

부친을 잃고 모친에게서 교육을 받은 서파는 어려서부터 신동으로 불렸다. 4세 때 한자의 뜻을 알고, 5세 때 이광려(李匡呂, 1720~1783)의 무릎에서 글을 짓고, 7세 때 『성리대전(性理大全)』을 통독하였으며, 부친을 따라 임소인 경릉에 갔다가 정철조(鄭喆祚, 1730~1781)를 만나 『역경』을 논하고 시초서법(蓍草筮法)을 배웠다. 9세 때 『서전(書傳)』, 10세 때 『통감(通鑑)』을 깨치고 두시(杜詩)를 읽기 시작하였다. 11세 되는 1783년 부친상을 당하자, 모친인 사주당은 전처소생인 장남 완(俒)에게 부담을 주지 않겠다고 하며 어린 자녀를 데리고 분가하였다. 이로부터 사주당은 홀로 농사를 짓고 길쌈을 하여 자녀를 교육시키고 출가시키는 열정을 보였다.

부친의 삼년상을 마치고 13세 때부터 서파는 시부(詩賦)를 짓기 시작하였다. 누이들도 모친을 닮아 경학과 한시에 능하였을 뿐만 아니라, 네 명의 매형과 한 명의 매제도 모두 서파에게는 함께 공부하고 시를 주고받는 학업의 벗이었다.

현재 『문통』에 남아 있는 자료를 보면 16세 되는 1788년 지은 시가 처음으로 보인다. 이때부터 1793년 21세 때까지 지은 한시를 모은 시집의 편명이 『순유육집(旬有六集)』이다. 태어난 지 16년이 되었기에 붙인 명칭이다. 18세 되는 1790년에 전주 이씨 진장(鎭章)의 딸을 배필로 맞이하였다. 22세 되는 1794년 2월에는 칠촌인 류성대(柳聖台)의 과거시험 사건에 휘말려 양지옥(陽智獄)에 수감되고 이어 전라도 해남(海南)으로 귀양을 가게 된다. 이때부터 귀양에서 풀리는 1795년 2월까지의 한시를 모은 것이 『영해집(嶺海集)』이다. 23세 되는 1795년 2월 유배에서 풀려 고향으로 돌아온 후 정도(正道)로 돌아가겠다는 의미로, 이때부터 이듬해 7월까지 지은 한시를 모은 편명을 『내귀집(來歸集)』이라 하였다. 24세 되는 1796년 7월부터 이듬해 2월까지 지은 한시는 『지학집(志學集)』이라 하였다. 공자는 15세에 학문에 뜻을 두었는데, 정작 자신은 어려서는 잡예(雜藝)에 빠졌고, 중간에는 과거 공부에 얽매이다 시간만 낭비하고 이제야 학문에 뜻을 두게 되었다는 의미로 붙인 제목이다.

25세 되는 1797년 2월 류희는 용인 모현촌에 있는 마을인 관청동(觀靑洞)에 터를 잡고 본격적으로 농사를 짓기 시작한다. 이

때부터 이듬해까지 지은 한시를 모은 것이 『관청농부집(觀靑農夫集)』이다. 27세 되는 1799년부터 이듬해 6월까지 지은 한시는 『비옹집(否翁集)』이라 하였다. 과거에 응시하지 않겠다는 의지를 담은 제목이다. 1800년 정조가 승하한 것을 애도하는 목적으로 6월부터 이듬해까지의 한시를 음악을 끊는다는 의미를 담아 『알음집(遏音集)』이라 하였다.

30세가 되는 1802년부터 3년 뒤인 1805년 2월까지의 한시를 모은 것을 『좌집(坐集)』이라 하였다. 공자는 30세에 '이립(而立)' 하였다고 하는데, 자신은 그 나이가 되어서도 아직 앉아 있음을 자조하며 붙인 명칭이다. 33세 되는 1805년 3월부터 1806년 2월까지 지은 한시를 모은 것이 『행수단집(杏樹壇集)』이다. 강습 장소 및 시를 읊기 위한 용도로 사용하고자 집에 흙을 쌓아 단을 만들었기에 붙인 명칭이다. 1807년 봄에는 벗들과 취변당(聚辨堂)이라는 강학 공간을 만들어 공부를 시작하고 이 시기에 지은 시들은 『취변당집(聚辨堂集)』이라 하였다. 37세 되는 1809년 봄에 용인에서 충청도 단양으로 거처를 옮긴다. 단양으로 거처를 옮기고 1815년 9월까지 7년간 지은 한시를 모은 것이 『단구처사집(丹邱處士集)』이다.

41세 되는 1813년에는 아예 거주지를 경상도 풍기로 옮기려고 살 곳을 찾아 정하기도 하였지만 실행에 옮기지는 않았다. 1815년 9월부터 1819년 5월 용인으로 다시 나오기 전까지의 한시를 모은 것이 『일전단집(一轉丹集)』이다. 연이은 가족과 벗의 죽음으로 상심해 있던 서파가 도교에 경도되어 붙인 명칭으로 보인다. 47세 되는 1819년 6월 서파는 단양의 거처를 정리하고 다시 용인으로 나온다. 경제적인 어려움과 집안의 장남이었던 이복형 완이 세상을 떠났기에 선영을 지키려는 의도도 있었던 것으로 추측된다. 49세 되는 1821년 9월에 모친상을 당하는데, 모친의 삼년상을 마칠 때까지 별도로 시를 짓지 않고 애도하였다. 모친의 유언을 받들어 모친의 다른 작품들은 모두 불사르고 『태교신기(胎敎新記)』를 가지고 신작(申綽)을 찾아가 서문을 구하였고, 1822년에는 신작이 사주당의 묘지명을 지어 보내주었다. 이것이 인연이 되어 서파는 신작을 포함한 신진(申縉), 신현(申絢) 등 신씨 삼형제와 세상을 마칠 때까지 친밀한 관계를 유지한다.

1823년 12월부터 54세 되는 1825년 2월까지의 한시를 모은 것이 『성가집(成歌集)』이다. 3년 만에 탈상하고 일상생활로 돌아왔다는 뜻으로 붙인 명칭이다. 52세 되는 1824년에 『언문지(諺文誌)』를 저술하였다. 54세 되는 1825년 2월부터 1835년까지의 한시를 모은 것이 『역명집(易名集)』이다. 이 해에 둘째 누이의 권유에 못 이겨 소과에 응시하여 생원시에 합격하고 초명인 '경(儆)'을 버리고 시호법에서 따와 '희(僖)'로 개명한다. 1826년 6월에는 신씨 삼형제와 함께 팔당 근처에 있는 신정하(申靖夏) 집안의 별서 석호정(石湖亭)으로 내려가 다음날 강 건너에 살던 다산을 만나 고금의 학문을 탐토하여, 박아(博雅)하다는 평가를 받기도 하였다. 63세가 되는 1835년 3월부터 세상을 떠날 때까지의 한시를 모은 것이 『남악집(南嶽集)』이다. 서파(西陂)에서 남악(南嶽)으로 이사를 하고 붙인 명칭이다. 이후 벗들과 몇 편의 시를 주고받으며 지내다 1837년 2월 초하루에 경기도 용인군 모현면 남악 신사에서 세상을 떠났다. 향년 65세였다. 모현면 매산리 당봉산에 묘소가 조성되었다.

2) 사승과 교유 관계

서파는 죽어서도 책벌레가 되어 책을 떠나지 않겠다고 할 정도로 학문에 정열을 쏟은 학자였다. 위당은 서파의 부친과 모친이 모두 학문에 조예가 깊었기 때문에 굳이 사우(師友)의 도움을 구하지 않고도 대학자가 될 여건이었다고 하였다. 서파가 다양한 분야에 조예가 깊었던 것은 부친의 영향이 컸던 것으로 보인다. 그러나 너무 어린 나이에 부친을 여의었기에 다른 스승을 구했으니, 어린 시절 과시(科詩)를 배웠다고 하는 윤형철(尹衡喆)과 경학을 배운 윤광안(尹光顔), 한글을 독창적으로 연구하게 해준 정동유(鄭東愈) 등 세 명을 들 수 있다. 일찍이 위당은 비록 정음학(正音學)에 한정을 두었지만 '정제두-이광려-정동유-류희'로 이어지는 강화학파(江華學派)의 한 계보를 제창하였다. 이와 별도로 서파가 경학과 예학에 대해 의문점을 묻고 토론을 한 스승은 윤광안으로, 경학에 있어서 '윤증-윤광안-류희'로 이어지는 소론 계열의 계선을 상정해 볼 수 있다.

문학 방면에는 특별한 스승이 없었던 것으로 보인다. 선진 시대(先秦時代)부터 명청(明淸)에 이르기까지 다양한 중국인의 문집을 섭렵하였고, 부친도 시에서 특장을 보였으며, 여춘영, 조중진 등 부친과 교유하였던 이들이 모두 뛰어난 시인들이었기에 자연스럽게 이들의 영향을 받게 된 것으로 여겨진다. 이 밖에 굳이 문학 방면에서 스승을 꼽자면 위당이 제시한 계보에 보이는 이광려(李匡呂)를 들 수 있다. 이광려는 옛 서적에 대한 학습을 통하여 깊은 학문적 역량을 축적하고 이를 바탕으로 옛 사람들이나 당시 문인들의 문투에 얽매이지 않고 독창적으로 글을 지었기에 당시 사람들로부터 기이하다는 평가를 받았던 인물로, 서파의 시세계에도 그런 특징이 그대로 드러난다.

다음으로 교유 관계를 살펴보자. 서파의 가문은 당색으로는 소론 계열에 속한다. 서파의 조모는 육진팔광(六眞八匡)으로 이름을 날린 전주 이씨 덕천군파 가문인 진경(眞卿)의 딸이었고, 부친인 한규의 첫 번째 부인은 숙종대 대표적 소론 문신인 오도일(吳道一)의 후손 오명흠(吳命欽)의 딸이었다. 서파의 조부가 강화학파의 일원인 전주 이씨 덕천군파와 혼인을 통하여 인연을 맺은 이후 두 가문은 친밀한 관계를 유지하였다. 서파의 부친과 숙부는 이광사(李匡師)에게 필법을 배웠고, 서파는 5세 때 이광려의 무릎에서 글을 읽었으며, 이면눌(李勉訥), 이면백(李勉伯) 등과 교유하였다. 덕천군파와의 관계는 평산 신씨와의 교유로도 이어져, 신작은 사주당의 묘지명을 지었으며, 1828년 신작이 세상을 떠나자 서파가 무덤자리를 잡아주었다. 평산 신씨 가문의 인연으로 이어진 강화학파와의 교유를 통해 그는 정동유를 스승으로 삼아 한글에 대한 심도 있는 연구를 하였고, 이를 『언문지』로 엮은 것이다.

이밖에 강필효(姜必孝), 성근묵(成近默), 이양연(李亮淵) 등 소론 계열 문인들을 비롯하여 풍양 조씨인 조종진(趙琮鎭) 형제, 여춘영(呂春永)·동식(東植) 부자, 서화와 골동품으로 유명하였던 이조묵(李祖默), 서유본(徐有本)·유구(有榘) 형제, 홍양호(洪良浩)의 후손인 홍경모(洪敬謨), 남극관(南克寬)의 손자 남정화(南正和), 남인 계열 문인인 윤지범(尹持範) 등과 교유하여 주고받은 글들이 전한다.

3 시에 대한 인식

1) 고풍의 추구

서파는 노년에 자손들의 생활 지침서라 할 수 있는 「이손편 (貽孫篇)」이라는 작품을 남겼는데, 여기에 학문 방법에 대한 언급도 있어 눈길을 끈다. 그는 먼저 시를 눈썹에 비유하여 쓸모는 없지만 없어서도 안 된다고 하였다. 따라서 시에 완전히 빠져도 안 되지만 그렇다고 시를 쉽게 생각해서도 안 된다고 전제하고, 시는 깊은 고민을 통해 주제와 음절 둘 다 중시해야 한다고 하였다. 특히 『시경 (詩經)』이나 고악부(古樂府)와 같이 질박하지만 현실의 모순을 비판하고 풍자하며, 좋은 점을 찬양하는 미자(美刺)의 기능을 담당하여 세도에 도움이 되어야 한다고 하였다. 또한 시는 수기치인(修己治人)·선선오악(善善惡惡)과 같은 유학의 정신을 담고 있어야 한다고 하며 이러한 의식 없이 아름다운 구절로 경물을 묘사하는 데 힘쓰는 시인들은 벌레만도 못하다고 비판하였다.

고풍(古風)을 구현하는 가장 손쉬운 방법이 고시(古詩)나 고악부를 모의하는 것이다. 한문학의 풍격 용어로 사용되는 '고(古)'는 상대적 개념이기에 어느 시대까지라고 단언할 수 없지만, 통상적으로 한위(漢魏) 시대 이전의 시풍을 지칭하는 것이 일반적이다. 오언고시는 한위를, 사언시와 악부는 『문선(文選)』을 배웠다는 언급을 통해 서파가 젊은 시절부터 고시와 고악부에 많은 관심을 가지고 있었음을 알 수 있는데 그의 의고악부가 비교적 젊은 나이인 20대에 주로 창작되었다는 점이 이를 증명한다. 문사(文詞)가 얕고 천박한 자는 『한서(漢書)』와 고악부 등을 읽어야 한다는 언급도 있듯이 그에게 '고(古)'는 학습의 대상이었고 그것을 충실히 수행한 것이 의고시와 의고악부의 창작으로 나타난 것이다.

그런데 조선 문단에서 고풍을 추구하자는 흐름은 이전 시대인 17세기 무렵에도 유행하였다. 16세기 후반 위약한 만당풍(晚唐風)에 그친 삼당파(三唐派) 시인들의 시풍을 비판하고 연약한 정서의 극복, 시체(詩體)와 규모의 확대를 통해 격조를 높이고자 했던 권필(權鞸), 이안눌(李安訥) 등과, 이들의 성과에 불만을 가지고 당시(唐詩)에서 벗어나 한위 고시 및 악부시(樂府詩)의 가치와 의의를 발견하여 적극적으로 창작에 활용한 정두경(鄭斗卿), 이민구(李敏求), 허목((許穆) 등이 그들이다.*

이러한 흐름은 18세기 들어 모의와 표절이라는 비판을 받으며 새롭게 변모되기 시작한다. 악부의 경우를 예로 들면, 이전 시대의 전통을 이어 의고적 경향의 악부시를 창작한 신유한(申維翰)과 같은 경우도 있지만 중국의 것이 아닌 우리의 것으로 관심을 돌리고 그것을 시로 읊어내는 것이 전반적인 흐름이었다. 우리의 민요에 깊은 관심을 가지고 한국적 악부시를 창작하고자 하였던 최성대(崔成大)나 이용휴(李用休) 등의 작품에 중국의 악부 제명을 수용한 작품이 한 편도 없다는 점은 이 시기 악부에 대한 관점의 변모를 잘 보여준다.

그런데 서파는 다수의 의고악부를 창작하는 등 17세기의 흐름으로 회귀하는 경향을 보였다. 허나 이는 단순한 퇴보가 아니라 17세기 의고파 시인들이 깊은 학식을 바탕으로 위약한 시풍을 쇄신하고 기세가 높은 시를 짓고자 하였던 취향을 본받고자 한 것으로, 대표적인 의고파 시인인 정두경의 악부시의 가치를 인정하면서도 올바른 법도를 얻지 못하였다고 한 비판이 이를 방증한다.

서파가 생각한 시의 올바른 법도[규구(規矩)]를 필자는 '주제의식'과 '진(眞)'의 문제라고 생각한다. 17세기 의고파 문인들이 강

---

* 안대회, 『18세기 한국한시사 연구』(소명출판, 1999), 14~22쪽.

한 격식과 호방한 기세를 추구하기 위하여 복고를 주장했지만, 결과적으로 형식적인 모방과 표절에 그쳤다는 비난을 받은 것은 주지의 사실이다. 서파도 정두경이 모방만 일삼아 진정한 격력이 떨어진다고 비판하였던 바, 겉모습이 아닌 한위 고시나 악부시가 지니고 있었던 현실 비판과 풍자 의식을 더욱 중시하여 이를 수용하고자 했다고 생각한다. 여기에 더하여 '진'의 문제는 복고주의를 비판하고 새로이 등장한 18세기 여러 시인들에게서 공통적으로 나타나는 현상으로, 지금 이곳의 문제에 관심을 가지고 자기 자신의 개성적인 목소리를 진솔하게 내고자 하였던 면과 상통한다고 하겠다.

결론적으로 서파는 한위 고시와 악부시의 가치를 높게 평가하고 그것을 따르고자 하였다. 이전 시대 의고파 시인들처럼 고시를 통하여 예스러움을 드러내고 그것으로 새로움을 추구하고자 했던 것이 아니라 고풍의 정신을 계승하고자 한 것이다. 이는 질박하면서도 진실한 감정의 표출, 사회현실의 문제점을 완곡하게 풍자하는 시 정신을 수용하고 시의 가창성을 재현하고자 하는 노력 등으로 구현되었다고 할 수 있다.

2) 송시의 재발견

(1) 강서시를 통한 학두(學杜)의 구현

서파는 당시 문단의 문제점을 아래와 같이 지적하며 문로 (門路)를 언급하였다.

> 무릇 지금 시대의 글이 식자에게 비루하게 여겨지는 것은 종사(宗師)가 없기 때문입니다. 옛사람의 체제를 구하여 문로를 만들지는 않고 고인들의 작품에서 널리 취하여 억지로 구절을 만드니, 이것은 말을 어깨에 앉게 하고 매에 걸터앉는 것과 같아 모두 감당해낼 수가 없는 것입니다. 심한 자는 자신의 수완을 믿고 글을 임의대로 쓰기도 합니다.*
>
> _「여윤중화(與尹仲和)」, 『방편자서독(方便子書牘)』

위의 인용문은 복고풍의 영향으로 선인들의 문구를 여기저기서 끌어다가 엮어 그럴듯한 작품을 써내는 당시 문단의 풍조를 비판하는 내용이다. 어깨에 매를 앉게 하고 말을 타며 사냥하는 것이 정석인데 잘못 받아들여 반대로 하고 있으니 제대로 수용하지

---

* 　夫時俗之文 爲識者所鄙 以其無宗師也 不求古人之體 以作門路 而廣取百家强 聯句節 是猶臂馬而跨鷹 皆不勝任矣 甚者自信手腕 任其所書而已.

못했다는 말이다. 복고를 하려면 선인들의 글과 사상에 대한 학습이 우선시되어야 하는데 그것을 제대로 하지 않고, 선인들의 문구만을 따와 고문이라고 내세우는 풍조를 비판한 것이다. 마지막 구절에서는 선인들의 작품 자체를 무시하고 자기 마음대로 글을 쓰는 부류를 비판하였는데, 공안파나 경릉파 문인들의 창작 태도를 문제 삼은 것으로 보인다. 이러한 문제점을 해결하기 위한 방안으로 서파는 선인의 체제를 문로(門路)로 삼아 배울 것을 주장하였는데, 이는 시에서도 동일하다.

> 지금에 시를 짓는 사람은 조밀하지만 거칠다. 거침이 날로 심해져 다시 고칠 수 없다. 고치는 방법은 반드시 먼저 옛 시인의 품격을 정해야 한다. 이미 높고 낮음을 정했으면 문로를 이제 택한다.*
>
> _「시관규서(詩管窺序)」, 『방편자문록(方便子文錄)』

위의 인용문도 마찬가지로 당시 시인들의 문제점을 고치는 방법으로 선인의 시를 검토하여 품격을 정하고, 높은 품격을 지닌 시인을 문로로 삼아 학습할 것을 권하는 내용이다. 서파는 어느 한

---

* 　今之爲之者 稠而粗 粗之日甚 莫可復醫 然醫之之術 必先定古人之品 既品高下而門路斯擇.

시대에 치우치거나 고정되지 않고 시대마다 그 시대 고유의 문학적 가치가 있다는 관념 아래 이전 시대 시인 가운데 훌륭한 시인을 가려서 배워야 한다고 주장하였다. 그는 존당파(尊唐派), 진한고문파(秦漢古文派) 등 중국 문학사에서 일정한 유파의 시풍만을 따르던 시인들의 편협된 시각에서 탈피하여 시대마다 그 시대의 문학이 있다는 인식 아래 다음과 같이 자신의 학시 과정을 밝혔다.

> 형께서는 경(徹, 서파의 초명)이 근래 이규보와 박은을 취하여 문로로 삼았다고 말씀하시는데, 박은의 시에서는 칠언율시를 좋아할 뿐이고, 이규보의 시는 아직 배우지 않았습니다. 저는 율시는 강서파를 배웠고, 절구는 중당을 배웠고, 오언고시는 한위를 배웠고, 사언시와 악부는 문선을 배웠고, 칠언고시 장편은 한유와 노동을 배웠으니, 이른바 문로가 이와 같을 뿐입니다.**
>
> _「답이형유원재영(答李兄幼遠在寧)」, 『방편자서독』

비교적 젊은 나이인 26세에 보낸 위의 편지에서 밝힌 학시 과정에 대한 언급은 먼저 율시(律詩)에서 강서시파(江西詩派)를 선

** 兄長謂徹近取李文順朴挹翠爲門路 翠則徹喜其七律而已 李則未嘗學也 徹律詩學江西 絶句學中唐 五古學漢魏 四言及樂府學選 七古長篇學韓盧 所謂門路如是已矣.

호하는 방향으로 설정되어 있다. 부친인 류한규가 처음에는 섬려 (纖麗)한 만당풍(晚唐風)을 추구하다 을해옥사라는 큰 사건을 거치 면서 진여의(陳與義)와 진사도(陳師道)의 시를 학습하였고, 우리나 라 시인으로 조유수(趙裕壽)와 김창흡(金昌翕)의 시를 애호하였다는 것을 보면, 서파가 강서시파를 배우고자 한 것은 부친의 영향으로 보인다. 결국 서파의 강서시파 추종은 가학(家學) 및 사우 연원과 밀접한 관계를 가지면서 형성된 것으로 파악된다.

　　그렇다면 서파는 왜 당시 시인들이 진부하다고 여길 정도 로 특별한 관심을 받지 못하던 강서시파의 시풍을 다시 거론한 것 일까? 아래의 인용문에서 그 단서를 엿볼 수 있다.

　　정(情)이 많으면 질박해지고 경(景)이 많으면 꾸미게 됩니 다. 그러므로 어느 나라를 막론하고 국초(國初)의 시는 모두 의론(議論)을 숭상하다가, 나라가 장차 망함에 이르면 반드 시 경물을 숭상하니 초살청애(噍殺淸哀)하여 벌레의 울음이 나 과부의 노래와 같은 것이 있게 됩니다. 이런 까닭에 군자 는 입언(立言)을 최고로 귀하게 여깁니다. 입언이라는 것은 의론입니다. 두보(杜甫)는 자연스럽게 도를 드러내어 그의 시는 반드시 실(實)합니다. 성당의 여러 시인들도 또한 간 간히 실하지만 모두 그런 것은 아닙니다. 당나라는 대개 학 문이 없었기 때문입니다. 한유(韓愈)가 문장으로 도에 들어가 또한 실을 펼침이 많았지만 근체시(近體詩)는 그의 장처가 아니었습니다. 오대의 혼란함으로 충효가 완전히 없어졌는데 그런 까닭으로 서곤파(西崑派)와 구승체(九僧體)에게 그 여파가 남아 있었습니다. 뒤에 구양수가 한번 나옴에 이르러 오로지 육경의 학문을 숭상하여 시문의 번잡한 습속을 힘써 씻어내니, 송나라 사람이 식론(識論)과 고실(故實)을 지니게 된 것은 모두 그의 공입니다. 정자(程子)와 장자(張子)의 실학(實學)이 반드시 구양수에 힘입은 바에 말미암은 것은 아니지만, 황정견은 타고난 자질이 초절(超絶)하고 진사도는 절개가 늠연(凜然)하여 이때 두보가 남긴 바를 다시 접하게 되어 일구일어(一句一語)라도 세도(世道)를 잊지 않았습니다. 그렇기에 주자(朱子)가 멀리 황정견을 그리워하고 그 시통(詩統)을 밝힌 것입니다.*

_「답이형유원재영」, 『방편자서독』

위의 인용문에서 강서시파에 대한 서파의 추숭은 역대 비

---

* 多情則質 多景則文 故無論何國 國初之詩 皆尙議論 及其將亡也 必尙景物 噍殺清哀 有如寒蟲之哭 寡婦之歌 是以 君子最貴立言 立言者議論也 老杜自然見道也 其詩必實 盛唐諸人 亦間間用實 其不盡然者 唐大率無學也 韓文公由文入道 故亦多敍實 然近體非其長也 五季昏亂 忠孝掃地 故西崑九僧 尙有其餘風 及歐陽子一出 專尙六經之學 力洗詩文繁瑣之習 宋人之有識論故實 皆其功也 而程張之實學 未必不由其吹噓也 若夫黃太史天資超絶 陳敎授持節凜然 於是再接老杜之傳 而一句一語 不忘世道 斯朱文公所以遙慕后山 紹其詩統也.

111

평가들이 송시(宋詩)를 비판한 것에 대한 반론으로 표현된다. 특히 전대에 송시를 긍정적으로 보는 농암(農巖) 김창협(金昌協)조차 송시에 드러나는 의론성(議論性) 때문에 비판하였던 것*이 서파에게 는 송시의 긍정적인 측면으로 논리화되고 있다.

서파가 시에서 중시했던 의론은 유협(劉勰)의 『문심조룡(文心雕龍)』에 자주 등장하는 용어로, 유교 경전 등 옛 전적을 토대로 자신의 이론을 세우고 그것을 논리적으로 증명하는 것을 말한다. 즉 자신의 의견을 논리적으로 펼쳐 나가는 방법으로, 산문(散文)의 작법에서 중시하는 용어이다. 이것이 시에 적용되면 용사(用事)가 많아질 수밖에 없어 시가 마치 산문처럼 느껴지게 된다. 의론을 내세우기 좋아하는 것은 송시의 특징이다. 그러나 서파는 이 글에서 송시에만 유독 의론이 강하다는 것을 부정하고 국운이 성할 때는 자연스럽게 의론이 나타난다고 하였다. 의론은 도(道)와 연결되며 이는 육경(六經)을 바탕으로 한 유학에 대한 학습으로 채울 수 있다고 본 것이다.

서파는 또한 두보의 시는 자연스럽게 도를 드러내어 실(實)하다고 평하면서 의론을 가장 잘 표현해낸 시인으로 두보를 언급하였다. 적어도 서파는 한시의 절정기라 일컬어지는 당나라의 수

---

*   "詩固當學唐 亦不必似唐 唐人之詩 主於性情興寄 而不事故實議論 此其可法也" 金昌協, 「雜誌」, 『農巖集』34권.

많은 시인들 가운데 두보와 한유를 제외하면 시를 짓는 능력은 뛰어났을지 몰라도 유학에 대한 깊은 학식이 없기에 참된 시인이 아니라고 여긴 듯하다. 한유는 학식의 축적은 있었지만 산문에 특장을 지니고 있었기에 그의 시는 자연스럽지 않다고 본 반면에, 두보는 학문의 축적에 더하여 시적 능력까지 탁월하였기에 최고의 시인으로 평가한 것이다.

앞에서 경물 묘사에만 치중하는 시를 부정적으로 보고,『시경』의 미자(美刺) 정신을 이어 입언(立言)을 통한 '수기치인·선선오악'이 시의 본질이라고 한 언급과 연결시키면 『시경』→두보→황정견·진사도→주희'로 이어지는 시통이 서파에게는 정맥이 되는 것이다.

> 시를 지을 때 황정견에게서 나오지 않는 것은 도가 주자에게서 나오지 않는 것과 같으니 그 폐해는 나라를 망하게 할 수도 있다. 시가 황정견에게서 나오지 않는 것도 또한 나라를 망하게 할 수 있는 것이 그러한 까닭이다. 마음이 바르지 못하면 끝내 윤리를 괴멸시킨다. 당나라 말기의 시어는 경박하여 반드시 온 세상의 충후한 풍속을 쓸어버려 없애는 지경에 이르렀다. 이런 까닭에 주희와 공자의 관계, 황정견과 두보의 관계는 모두 끊어진 것을 이은 공이 있음이 위대하고 분명하게 드러난다. 어찌하여 명나라 인사들은 한결같

113

이 송나라 선비를 배척하는 것을 일로 삼아 시문과 도학이
절로 기울어지고 치우치고 요상하게 현혹시키는 지경으로
나아가게 했는가?*

      —「강서종파보찬(江西宗派譜贊)」, 『방편자문록』

위의 인용문에서 서파는 두보의 정수를 같은 당나라 시인
이 아닌 송나라 강서시파 시인들이 제대로 수용하였음을, 마치 주
자가 시대를 뛰어넘어 공자의 학설을 계승한 것과 동일하게 간주
하였다. 따라서 송시를 배척하고 성당시(盛唐詩)를 추구한다는 명
분을 내세웠던 명나라 복고파 문인들의 풍조를 강하게 비판하였
다. 또 서파는 송시를 표방하였던 명말청초 문인 전겸익(錢謙益)의
문집을 읽고 여기에서 차운한 시를 다수 지었다. 박학한 학문적 역
량을 갖춘 전겸익은 의고적 시풍과 기괴함을 추구하였던 경릉파
시풍에 반기를 들고, 백거이와 소동파, 구양수의 시를 받아들이며
참된 시를 주장하였던 인물이다. 서파가 직접적으로 전겸익의 시
론을 언급한 기록은 보이지 않지만 그의 생각을 긍정하였기에 여
러 시를 차운하였다고 할 수 있다.

  ＊   詩而不出豫章 猶道之不出紫陽 其害能亡人之國 詩不出豫章 亦能使國亡 所以
然者也 端之心術不正 畢竟則壞滅彝常 季唐之語意輕薄 必至於一世忠厚之風掃地而
茫茫 是故 晦翁之於孔聖 涪翁之於老杜 俱有繼絶之功 偉然而著彰 曷爲有明之人士 一
以斥宋儒爲事 詩文與道學自趨於傾詖妖眩之場.

긴밀하고 엄격하게 구성된 율시를 통해 근체시의 완성자라 평가받는 두보는 고시와 악부에서 직접 목도하고 체험한 사회모순을 적나라하게 묘사하고 백성의 고난을 호소하였는데, 이는『시경』의 풍유(諷諭) 정신을 충실하게 계승한 것이다. 이러한 두보의 현실주의 시 정신을 황정견을 위시한 강서시파가 제대로 수용하였다고 여겼기에 서파는 강서시파를 언급하고 존중한 것이다.

　　만당에서 강서파로 옮겨가기는 어려우나 강서파에서 만당으로 옮겨가기는 쉬우니, 허와 실이 구분되는 까닭이다. 우리나라 사람 중에 송시를 배운 자는 모두 대가가 되었으나 당시를 배운 자 중에는 다만 고경명, 최경창, 백광훈, 이달이 있을 뿐인데, 반드시 소가가 아니라고 할 수도 없다. 지금 강가에 거처하는 이로 세 명의 시인이 있는데, 헌적 여춘영, 우교 조중진은 강서파를 공부하였고, 취송 이희사는 만당파를 공부하였다. 무오년 가을에 세 사람이 같이 배를 타고 갔는데, 이희사가 힘을 다해 두 사람을 모방하였으나 오히려 베낀 흔적이 많음을 볼 수 있다.**

_『문견수록(聞見隨錄)』

**　　自晚唐而之江西難 自江西而之晚唐易 虛實之分也 東人之學宋者皆成大家 而學唐只有高崔白李而已 未必竝非小家也 卽今跨江而居有三詩人 呂軒適春永·趙于郊重鎭治江西 李醉松義師治晚唐 戊午秋三人同舟 醉松極力模倣兩人 而尙多斧痕 可見也.

115

위의 인용문은 서파의 부친과 친분이 있었던 여춘영(呂春永), 조중진(趙重鎭), 이희사(李羲師) 세 사람의 일화를 통하여 강서시파의 우수성을 밝힌 내용으로, 만당파와 강서시파를 허와 실의 차이로 파악한 점이 독창적이다. 이는 앞에서 언급한 부분과 상통한다. 강서시파는 오랜 학문 연마를 통해 세도를 간직하고 그것을 의론으로 표출하였기에 시가 실해진다고 하였다. 반면에 만당풍은 형식적인 아름다움을 추구하다 공허해져 결국 허하다고 본 것이다.

지금까지 살펴본 바와 같이 서파는 강서시파의 시를 통하여 두보의 경지에 이르고자 하였다. 서파가 생각한 최고의 시적 경지는 다소 투박하게 읽히더라도 그 안에 힘[기력(氣力)]을 느낄 수 있는 송시였다. 여기에 더하여 강서시파와 만당파를 실과 허로 구분한 점에서도 알 수 있듯 그가 생각한 시는 개인의 여가나 오락 정도가 아니라 당대 사회의 부조리와 모순을 비판하고 그 해결책을 고민하는 다소 심각한 문제였다. 이는 다시 우국애민 의식을 드러낸 두보를 추숭하고 『시경』의 언지(言志)나 교화(敎化) 같은 보수적 시 정신을 수용한 결과로 나타난다.

마지막으로 강서시파의 진면목을 찾게 되는 과정을 읊은 「독산곡집희작일률(讀山谷集戲作一律)」이라는 시를 통하여 서파가 생각한 강서시파의 의미를 살펴보겠다. 이 시는 가상의 인물인 만당제자(晚唐弟子)와 강서사(江西師)를 통해 만당제자가 강서시파의 참모습을 찾아가는 과정을 엮은 참신한 형식이 먼저 눈길을 끈다. 만당파 제자와 강서시파 스승의 대화로 이루어지는 이 시는 편폭이 다소 크기에 편의상 단락별로 나누어 고찰해보겠다.

①
만당의 제자가 강서시파의 스승에게 "시에 도가 있습니까?"라 질문하자, "네가 말하는 시라는 것은 시경으로 뜻을 삼지 않고, 고시 열아홉 수로 시어를 삼지 않으며, 두보로 체제를 삼지 않아, 꽃과 잎은 무성하고 벌레와 새는 울어대는데, 그것을 정으로 해도 실질적인 게 없고, 경으로 해도 텅 비지 않아 번화하지만 색이 없고, 슬프고 처량하지만 소리가 없고, 뜻은 있지만 생각이 없고, 말은 있지만 논리가 없고, 법도에 얽매여 변화가 없고, 굽은 데 빠져 통하지 않으니, 기이하다는 것은 요망한 것이 되고, 아름답다는 것은 음란한 것이 된다. 진실로 옛날에 입언이라 일컫는 것이 또한 내가 말하는 시일 게야!"*

'시도(詩道)'에 대한 만당제자의 물음에 스승은 먼저 제자가 추구하는 시풍에 대한 문제점을 지적하였다. 『시경』, 고시, 두보를 본받지 않아 겉모습은 화려하고 기이한 것 같지만 실제로는 요상하고 음란한 것에 지나지 않는다고 만당풍의 문제점을 지적하고,

117

입언이 곧 시라고 하였다. 외형적으로 보이는 아름다운 이미지보다는 시가 담고 있는 주제의식, 사상을 더 중요하게 여긴 것이다.

②

"선생님의 시를 듣기를 원합니다." "하늘에서 빌리고 사물에 의탁하여 도에서 이루어져 나는 애초에 내가 있은 적이 없었다. 잊지도 말고 조장하지도 말라. 잊어버리면 이를 수 없고 이를 수 없으면 외발로 걷는 것이며. 조장하면 지나치게 되고 지나치게 되면 외발로 걷는 격이 된다. 외발로 걷지 않고 두 발로 나아가야 도에 이를 수 있다." "배우기를 원합니다." "황태사는 공자보다 백대 후에 태어났지만 백대 위로 높이 솟아났는데 대개 후생들은 알지 못한다. 네가 그 사람을 보지 못하면 시를 배울 수 없다. 가서 보거라."**

제자가 스승의 시를 듣기를 청하자 스승이 대답한 내용으

<hr/>

* 晩唐弟子問于江西師曰 詩有道乎 曰汝所謂詩者歟 不以三百篇爲意 不以十九首爲語 不以老杜氏爲體 花葉焉簇簇 蟲鳥焉嚶嚶 情之而不實 景之而不虛 繁華而不色 悲涼而不聲 意而不思 語而不論 拘於經而不權 陷於曲而不通 其奇也妖矣 其姸也淫矣 苟古所謂立言 而亦吾所謂詩也乎.

** 曰請聞先生之詩 曰假之於天 寓之於物 成之於道 吾未始有吾焉 勿忘焉 勿助焉 忘則不及 不及則彳一步也 助則過之 過之則亍一步也 不彳不亍行行而進 乃其道也至矣 曰願學焉 曰黃太史夫子生在百世之下 高出百世之上 蓋後生未能知也 汝不見其人 不可以學詩 盍往觀乎.

118

로, 하늘의 소리를 빌려 사물에 의탁하여 도에서 이루어진다고 하였다. 하늘이 직접적으로 자신의 소리를 낼 수 없기에 시인의 입을 빌려 사물에 의탁하는 방식으로 펼쳐내는데, 그것은 순선(純善)하며 이는 유교의 도와 합치된다고 본 것이다. 이는 소리를 가장 잘 내는 것을 빌려 소리를 내게 한다는 한유의 '선명(善鳴)'과도 일맥상통한다. 그런데 중요한 것은 이런 의식을 잊어서도 안 되지만 억지로 알게 할 수도 없다는 점이다. 이것을 깨닫기 위해서는 자신이 스스로 터득해야 하는데 그 방법으로 황정견의 시를 보고 오라고 하였다.

③

가서 보고 돌아오니 "어떠한가?"라 묻자,
인공이 큰 수레를 잃어
하늘의 소리 큰 종에 울린다.
노중련의 바다를 헤아리지 못하고
공자의 봉우리 오르기 어렵네.
"너는 그의 면모는 얻었으나 아직은 아니다."***

*** 往觀也而歸 何如 曰 人功失大輅 天樂動洪鍾 不測魯連海 難登尼父峯 汝得其面貌 猶未也.

119

황정견의 시를 보고 온 제자가 느낀 점을 시로 표현한 것이다. 제자는 황정견의 시가 인위적으로 화려함을 제거하였고, 하늘의 소리가 마치 커다란 종소리처럼 울려퍼지며, 바다와 태산처럼 헤아리기 어려울 정도로 깊고도 높다고 하였다. 이에 대해 스승은 강서시파의 면모는 파악했지만 아직은 부족하다고 하였다. 강서시파의 외형은 화려한 수식을 배제하고 세상에 도움이 될 만한 내용을 펼치되, 시에 담긴 의미가 헤아리기 어려울 정도로 높고 깊음을 설파한 것이라 하겠다.

④
다시 가서 보고 돌아오니 "어떠한가?"라 묻자,
가을 뒤의 달은 얼마나 추운지
홀로 서 있는 눈 속 소나무.
만사 영웅인 듯
늙고 병든 모습 홀로 품노라.
"너는 그의 기상은 얻었지만 아직 아니다."*

황정견의 시를 두 번째로 보고 온 제자가 느낀 점을 시로 표

---

* 　復往觀而歸 何如 曰 何寒秋後月 獨一雪中松 萬事英雄感 孤懷老病容 汝得其氣像 猶未也.

현한 것이다. 제자는 황정견의 시를 차가운 달밤, 눈 속에 홀로 우뚝 서 있는 소나무와 같다고 하였다. 유려한 미감을 따르던 제자의 눈에 비친 황정견의 시는 고고하고도 쓸쓸한 이미지를 지울 수 없었던 것이다. 이에 대해 스승은 강서시파의 기상은 얻었다고 하였다. 강서시파의 기상은 달빛을 받고 홀로 청청함을 드러내는 소나무처럼 겉모습은 메마르고 파리해 보이지만 힘을 잃지 않는 것, 즉 '수경(瘦勁)'이라고 본 것이다.

⑤

다시 가서 보고 돌아오니 "어떠한가?"라 묻자,
형체는 없지만 봄은 풀에 깃들어 있고
용이 물속에서 솟아오르듯 크게 기괴하다.
사물에 닿으면 신령하게 변하니
기이한 병법이 내 가슴에 있도다.
"너는 그의 성정은 얻었으나 아직은 아니다." 다시 가서 보고 돌아오니 의아하게도 선생은 갑자기 황정견이었고 그 몸을 돌아보니 강서파의 스승이었다. 만당제자를 찾으니 다시 있지 않았다.**

**　復往觀而歸 何如 曰 無形春寓岫 太恠水騰龍 觸物成神變 奇兵在我胷 汝得其性情 猶未也 復往觀而歸 則俄然師者頃然黃太史矣 回視其身江西師矣 及尋晚唐弟子不復在.

황정견의 시를 세 번째로 보고 온 제자가 느낀 점을 시로 표현한 것이다. 봄이라는 걸 굳이 말하지 않아도 봄은 이미 풀에 깃들어 있듯 자연스러움 속에 마치 용이 솟구쳐 오르는 것과 같은 기괴함도 포함되어 있어 사물에 따라 자유자재로 변화한다고 하였다. 이에 대해 스승은 강서시파의 성정은 얻었다고 하였다. 강서시파의 성정은 억지로 꾸미지 않는 자연스러움이 중심이되, 그 속에 변화무쌍한 기법을 담고 있다고 본 것이다. 이는 천편일률적이면서도 자연스러움을 잃은 만당풍에 대한 비판이라고 할 수 있겠다.

위의 시는 선종(禪宗)에서 도를 찾아가는 과정을 그린 심우도(尋牛圖)와 같이 정답을 직접적으로 제시하지 않고 시인 스스로 터득하고 변모해가는 과정을 엮었다. 구성의 참신함에 더하여 인용된 시는 강서시파의 외형, 기상, 작법을 가장 잘 적시한 것으로 판단되며, 이는 서파가 강서시파의 참모습을 깊이 이해하고 있었음을 보여준다. 조선전기 강서시파를 배우고 따랐던 일군의 시인들이 강서시파의 작법을 배우는 데 치중한 것과 비교하면 보다 진일보된 견해라 할 수 있다.

(2) 동파 시를 통한 호방 추구

중국 문학사에서 호방한 시풍을 말할 때 대표적으로 거론되는 문인이 이백과 소동파다. 소동파가 이백의 시를 높게 평가한 것에서 알 수 있듯이 호방함을 추구하였다는 점에서 두 시인은 유사하다. 그러나 이백의 호방함은 대부분 허망함을 기조로 하고 있는데, 이는 현실에서의 소외감을 해소하는 방편으로 술을 빌려 비애의 정서로 표출하였기 때문이다. 이에 비해 소동파는 진지한 삶의 태도를 견지하면서 술에 기대지 않고 우환이나 고난을 현실로 받아들여 고도의 이성과 폭넓은 사상으로 승화시켰다고 하는 점에서 변별성을 지닌다.

서파는 유독 소동파에 큰 애착을 보였다. 소동파에 대한 애착은 비단 서파 개인만의 특성은 아니다. 서파가 활동하던 19세기에 이르러 소동파의 시문학을 수용하고 따르는 풍조는 김정희(金正喜)를 위시한 여러 문인들 사이에서 하나의 큰 흐름이었다. 조선 중기 주자학 일변도의 학풍과 의고주의 문학론으로 주춤했던 동파시에 대한 열풍이 19세기에 이르러 다시 부흥한 것이다. 소동파의 시는 정감을 위주로 한 당시(唐詩)와는 달리 시의 기운이 호방하고 아속(雅俗)을 가리지 않는 시어가 부섬(富贍)하여 상당히 독창적인 면모가 있었다. 또한 소동파는 유배와 좌천 등으로 점철된 험난한 굴곡의 인생을 보내면서도 좌절하지 않고 현실 긍정적인 작품을 많이 남겼다는 점 때문에 조선 후기에 소외된 지식인들에게 큰 위안이 되었다.*

---

* 이에 대해서는 허권수, 「소동파 시문의 한국적 수용」, 『중국어문학』 14, 1988. 참조.

소동파의 문집을 세 번 읽고 느낀 감회를 표출한 「삼독동파집명집필서일편(參讀東坡集命執筆書一篇)」이라는 시를 통해 서파의 생각과 다짐을 살펴보겠다. 이 시도 비교적 장편이기에 단락을 나누어 고찰해보겠다.

①
대송의 씩씩한 선비 소동파
문장으로는 그의 뜻 드러내기 부족하다네.
후세에 독자들은 껍데기만 읽으니
누가 알리오! 가슴속에 천 길 푸르른 산이 있음을.
천 길, 만 길, 억만 길이라
높고 높음을 이기지 못하고 도리어 아래로 떨어지네.*

시의 첫 번째 단락으로, 소동파의 가슴속엔 깊이를 알 수 없을 정도로 호방한 기운이 내재되어 있지만, 독자들이 그것을 알지 못하고 오히려 떨어뜨린다고 하였다.

---

* 　大宋壯士蘇之軾, 文章不足泄其志, 後世讀者讀皮膚, 誰知胸中有山千丈翠, 千丈萬丈億萬丈, 不勝高高反下墜.

②

그대가 장차 그것을 조금이라도 잇는다면

악어와 교룡이 서로 치고받는 듯할 터이고

그대가 장차 그것을 세 치 혀로 펴낸다면

상성 우성 끌어와 글자마다 울려퍼지리라.

금강의 물이 더러운 속세의 먼지 씻어내고

민산의 돌이 뾰족한 가시 끝 갈아버리리라.

한양땅 모든 사람들 놀라 얼굴빛 변하고

뜻하지 않게 문창성이 별자리에서 떨어졌다 하겠지.**

다음으로 소동파의 호방한 기운을 조금만 본받더라도 악어
와 교룡이 치고받듯 활기가 넘칠 것이고 맑은 음향이 울려퍼질 것
이라고 하였다. 다음 구절에 나오는 금강(錦江)과 민산(岷山)은 소
동파의 고향인 사천성에 있는 강과 산이다. 금강의 물이 속된 기운
을 씻어내고 민산의 돌이 뾰족한 가시 끝을 갈아버린다고 하였으
니, 소동파의 시를 읽고 배우면 속세를 뛰어넘는 호쾌함과 자잘한
것에 신경 쓰지 않는 호방함을 간직한 시를 쓸 것이고, 그러한 경
지에 도달하면 우리나라 사람들이 크게 놀라며 뛰어난 시인이 나

** 君且承之一片掌, 黿鼉蛟龍還沓崩騰相搏戲, 君且發之三寸舌, 引商列羽響字字,
錦江之水濯淨塵垢汚, 岷山之石磨去棘尖刺, 漢陽萬人驚失色, 不意文昌降躔次.

타났다고 칭찬할 것이라는 내용이다.

③
그대 이때 이르렀으니 진실로 기이한 재주라
늙은이의 부탁을 저버리지 말게나.
장부가 20세면 어린 것이 아니니
굳세고 높은 뿔 치닫는 천리마 같다네.
동쪽 태양 서쪽 달 다투듯 먼저 달려가니
놀다 보면 눈 깜짝할 사이에 늙음이 이른다네.
자신과 가족들 먹여 살리느라
가면 갈수록 세상엔 할 일이 많다네.
지금 배우지 않으면 후회한들 무엇하리오
만금 같은 시간 헛되이 버리지 말게나.
그대는 배우지 말게나
서울의 소년이 일을 좇느라
쏜살같은 백년을 꿈속에서 보낸 것을.
또 배우지 말게나
시골의 소인배가 배부름 도모하다
썩은 풀에 마른 해골 묻히는 것을.
잘 살고 못 사는 것은 운명이라 다툴 필요 없으니
다투어 봐도 헛되이 사람들의 욕만 초래할 뿐.

좋은 가죽옷은 다만 시골 여자의 눈만 호릴 것이니

죽은 후엔 어리석음으로 시호 삼는다네.*

위의 내용은 작자가 타인에게 권면하는 내용이다. 20세라
면 적은 나이가 아니라고 하며 배움에 힘쓸 것을 말하였는데, 이
시를 20대 후반에 지은 것임을 고려하면 이는 서파가 자신에게 하
는 당부의 말로도 읽힌다. 먼저 세월이 빨리 흘러감을 말하고 시간
을 허비해서는 안 된다고 하였다. 다음에 먹고 사는 일, 또는 출세
하는 일에 얽매이다 죽고 나면 아무것도 남는 게 없음을 천근하고
해학적인 비유를 통하여 말하였다. 부침이 심한 관직 생활로 평생
을 지방관으로 전전하거나 유배 생활로 보냈던 소동파지만 꿋꿋
하게 현실을 긍정하고 호방한 풍격을 쏟아냈던 점을 배우고자 한
것이다.

④

양자산의 달은 흰 비단처럼 빛나는데

온갖 나무 쓸쓸히 삭풍에 운다네.

* 君到此時信奇才, 莫孤老夫之托寄, 丈夫二十未是幼, 矯矯頭角如奔驥, 東日西月
爭先走, 一瞥優游老已至, 衣食生身兼親眷, 去去人世多所事, 若今不學奈悔何, 萬金寸
晷惜虛棄, 君勿學, 洛中少年事追逐, 閃閃百年過夢寐, 又勿學, 鄕曲細人謀一飽, 汩溲
腐艸藏枯骴, 贈襃有命不必爭, 爭之空然來衆訾, 輕裘但詑邨女目, 死後癡字以爲諡.

127

소동파 떠올려도 볼 수는 없으니

헛되이 얼마간의 말을 남겨 종이만 낭비했네.

나를 채찍질하여 온 몸에 흉터가 생기고

나를 포용하여 온 방에 상서로움이 가득하네.

남아라면 사지에 열정을 다하여야 하나니

누가 뜻이 있어도 이룰 수 없다고 하였나.

우주는 아득한데 인생은 짧아

검을 뽑고 스스로 맹세하니 노기가 엄청나게 솟아나네.

이 마음 편안하게 무거운 구정을 다루고

이 기운 크게 넓은 사해를 덮기를.

사나운 바람 거센 비 날마다 몰아쳐도 움직이지 않으니

조물주 같은 하찮은 이가 감히 시험할 수 있으랴.

그대 모름지기 두 다리로 바르게 서서

천고의 세월 천지의 중심을 살펴보라.*

_「참독동파집명집필서일편」, 『앎음집』

시의 마지막 단락에서 서파는 소동파를 본받아 천지를 덮

---

* 　楊子山月如練白, 簫騷百木鳴朔吹, 思我古人不可見, 空留多少言語紙價費, 鞭我遍身生癜痕, 襄我滿室降祥瑞, 男兒四肢盡熱血, 孰云有志或不遂, 宇宙茫茫人生短, 拔劍自誓怒氣騰贔贔, 此心安措重鼎九, 此氣宏覆潤海四, 撐風惡雨日日撼不動, 造物竪子敢能試, 君須兩脚立得定, 俯仰千古中天地.

을 정도로 호활한 기운을 지니면 그 어떤 삶의 풍파도 견뎌낼 것이며 자신의 운명도 개척할 수 있으리란 기대감과 다짐을 읊었다.

위의 시는 제목부터가 심상치 않다. 20대 후반에 이미 『동파집』을 세 번 읽고 나서 마음속에 솟구치는 기운을 억누르지 못해 옆 사람에게 붓을 들라 하고 바로 읊어 내려간 시이다. 칠언시의 형태를 취하면서도 격식에 얽매이지 않고 자신이 하고 싶은 말을 바로 표현해내었다. 늙은이가 청년에게 부탁하는 말투지만 실상은 자기 자신에게 하는 말이다. 쏜살같이 지나가는 짧은 인생을 먹고 사는 것, 더 나아가 부귀영화를 추구하느라 헛되이 보내지 말라고 조언하고 세상을 살아가는 데 중요한 것이 과연 무엇인지 잘 살펴보라는 당부이다. 소동파의 가슴속엔 천 길이나 되는 푸른 산이 있다고 한 전반부와 온 천하를 덮을 만큼 광대한 기상을 지니라는 후반부의 내용을 통해 서파는 소동파의 호방했던 삶과 문학세계를 배우고자 했음을 알 수 있다.

3) 조선 시사에 대한 인식

앞 절에서 서파가 송시(宋詩)의 가치를 새롭게 인식하고 이를 적극적으로 옹호하였음을 살펴보았다. 송시에 대한 애호는 우리나라 시단과 역대 시인에 대한 평가에서도 확연하게 드러난다.

본 절에서는 서파가 우리나라 한시의 흐름에 대해 어떠한 인식을
가지고 있었는지 살펴보겠다.

무릇 고인이 시를 지을 때는 반드시 뜻[意]을 먼저 단련하였
다. 뜻이 단련된 후에 시어[語]를 단련하였고, 시어가 단련
된 후에 글자[字]를 단련하였다. 글자를 단련한 후에 구(句)
를 단련하였고, 구가 단련된 후에 장(章)을 단련하였다. 장
을 단련한 후에 격(格)을 단련하였고, 격을 단련한 후에 체
(體)를 단련하였으니, 평측(平仄)과 압운(押韻), 경정(景情),
대우(對偶)는 곧 여사(餘事)였다. … 한위(漢魏)는 단지 뜻을
단련하였고, 제양(齊梁)은 단지 시어를 단련하였고, 만당(晚
唐)은 단지 구를 단련하였고, 원진(元稹)과 백거이(白居易)는
단지 장을 단련하였고, 성당(盛唐)은 단지 장구를 단련하였
고, 서곤(西昆)은 단지 글자를 단련하였고, 동파(東坡)는 단
지 격을 단련하였고, 구승(九僧) 사령(四靈)은 단지 자구를
단련하였고, 명청(明淸)은 단지 체를 단련하였다. 생각하니
이 일곱 가지는 도에 깊이 갖추어지지 않음이 없다. 일곱 가
지가 갖추어진 것은 당나라에는 두보가 있었고, 송나라에는
강서시파가 있었고, 우리나라에서는 고려 말에 왕성하였다.
그러므로 나는 두보를 마땅히 근체시를 연 시조로 삼아야 하
고 잠참, 고적 이하 여러 시인들의 공훈이 있다고 생각한다.

황정견, 진사도, 진여의, 여거인이 마땅히 사성(四聖)이 되어야 하고, 범중엄, 육유 이하 여러 시인들을 또한 나란히 둘만하다. 정지상, 김지대, 이규보, 이색, 박은, 이행, 노수신, 박지화, 황정욱, 최립이 마땅히 십철(十哲)이 되어야 한다.*

_「시관규서(詩管窺序)」,『방편자문록』

위의 인용문에서 시를 지을 때 고려해야 할 일곱 가지 항목(뜻, 시어, 글자, 구, 장, 격, 체)을 순서대로 제시하고 이 항목이 어떻게 수용되었는지 중국의 시사(詩史)를 통하여 파악하였다. 그 후 이 일곱 가지를 모두 갖춘 이로 당나라의 두보와 송나라의 강서시파 시인, 그리고 고려 말의 여러 시인을 꼽았다. 또한 고려와 조선조에 걸쳐 우리나라 시인 열 명을 거론하며 십철(十哲)이라 하여 존숭하였는데, 그가 거론한 이들은 대체로 송풍을 추구하며 기세 높은 시세계를 지향했다는 공통점이 있다. 이들의 관계를 유교에서 공자를 최고의 위치에 두고 안자, 자사, 증자, 맹자 4인과 송나라의 학자 6인 및 공자의 제자 10명을 배향하는 것과 동일하게 비유한 것

* 夫古人著詩 必先鍊意 意鍊然後鍊語 語鍊然後鍊字 字鍊然後鍊句 句鍊然後鍊章 章鍊然後鍊格 格鍊然後鍊體 至於平仄押韻景情對偶 乃餘事也 … 漢魏只鍊意 齊梁只鍊語 晩唐只鍊句 元白只鍊章 盛唐只鍊章句 西昆只鍊字 東坡只鍊格 九僧四靈只鍊字句 明淸只鍊體 惟其七事不備不深於道也 七事之備 唐有老杜 宋有江西 東人之麗晩鮮盛也 余故以爲老杜當爲近體之開山祖 而岑高以下多有元勳 山谷后山簡齋居仁當爲四聖 而范陸以下亦多有配食 鄭知常金之岱李奎報李穡朴闇李荇盧守愼朴枝華黃廷彧崔岦當爲十哲.『詩管窺序』,「方便子文錄」

131

도 독특하다.

다만 세상 사람들이 성조(聲調)가 급하고 빠른 것을 숭상하고 새로운 풀이를 좋아하여, 구름, 안개, 꽃, 달과 벌레, 새소리 등 경물(景物)을 읊는 것을 빛나고 윤기 난다고 여기고, 의론과 고실, 생각과 감정을 은근히 부치는 것을 둔하고 막혔다고 일컫는다. 드디어 송나라는 시다운 시가 없다고까지 말하기도 하니, 송나라에 시가 없다는 말이 행해진다면 『시경』은 단지 풍(風)만 읽고 아(雅)와 송(頌)은 읽을 것이 못되는 것이다. 서거정(徐居正)의 『동인시화(東人詩話)』는 십중팔구 침울전후(沈鬱典厚)한 것을 우수한 작품으로 여겼다. 고려 말엔 송시를 숭상하였고, 조선 건국 초에도 여전히 그러하였다. 시간이 흘러 선조 말년부터 섬려(纖麗)한 데만 힘을 쏟는 풍조로 바뀌어 지금에까지 이르니 기이하고 교묘한 대우가 아니면 뛰어난 시구라 칭해지지 않는다. 만물의 이치, 세태의 변모가 오히려 그러한 것이다.*

_「시관규서(詩管窺序)」, 『방편자문록』

* 但世人尙促數嗜新解 雲煙花月 蟲鳥景物 謂色澤 議論故實寓婉情事 謂鈍滯 遂有曰宋無詩 宋無詩之說行 卽三百篇只讀風 不足讀雅頌矣 徐剛中東人詩話十八九沈鬱典厚爲大手 麗季尙宋 建國初猶然歟 降自穆陵季年 轉務纖麗 比至近日 卽非奇巧對句 不獲稱驚策 物之理世之變 固有然者爾.

위의 글에서 서파는 고려 말과 조선 초에는 송시를 수용하여 참된 시의 특성이 남아 있었으나 선조(宣祖, 재위 1567~1608) 이후로 화려하고 아름다움만 추구하고 기발하고 공교로운 대우에만 힘을 쏟게 되었다고 비판하였다. 이는 삼당파 시인을 위시한 당풍을 추구하였던 조선 중기 시인들에 대한 비판인 것이다. 송시에 대한 존숭은 조선시대 시인들에 대한 평가에도 반영되었으니, 송풍을 추구한 시인들을 십철이라 하여 존숭한 것 이외에도 이색을 조선의 소동파로, 박은을 조선의 황정견에 비유하여 높이기도 하고, 박은은 오로지 황정견의 시풍만 배웠을 뿐 성당시에는 관심조차 두지 않았다고 평가하기도 하였다.

이러한 의식은 조선조 선시자(選詩者)에 대한 그의 평가에서도 드러난다. 위의 인용문에서 서파는 침울전후한 시들을 높게 평가한 서거정의 비평 안목을 긍정하였는데, 이와는 반대로 허균의『국조시산(國朝詩刪)』에 대해서는 혹독한 비판을 하였다.

『국조시산』 판본이 훼손된 것이 두 번이나 되는 것은 편찬자 때문인데, 편찬자 때문에 훼손되었다고 말하지 않고 처음 인용한 작품 때문이라고 논하는 사람들이 많다. 그러나 말과 인성이 서로 어긋났다고 한다면 옳겠지만 말이 사람을 구제한다면 옳지 않다. 이 책에서 비평한 것은 오직 부화하고 경박함만을 숭상하여 고인이 입언한 뜻을 크게 잃었다. 또 강서파를 버려둔 채 두보를 말하였고, 두보를 버려둔 채 당시를 말하였으니, 그가 말한 두보와 당시라고 하는 것은 둘 다 그 정수가 아니다. 우리 조선에서 명종과 선조 연간에 시로서 노수신, 박지화, 최립보다 높은 이가 없고 최경창, 백광훈, 이달보다 높지 않은 이가 없다. 그런데 허균은 뒤의 세 사람에게 급급하느라 앞의 세 사람에게는 엄격하였으니, 근래에 시격이 약해진 것은 허균이 그렇게 만든 것이다. 율곡 선생은 세상의 대유다. 입으로는 그의 덕을 말하면서도 뽑아 넣은 것은 겨우 율시 하나인데 그나마도 또한 본 집에 수록된 것도 아니다. 이것은 곧 허균이 김시습과 가도에 대해 언급한 한 구절에 마음을 두어 율곡의 격한 말씀이 진실된 마음이 아니었음을 알지 못한 것이다. 소인으로 군자를 모욕하고 희롱하여 방자함이 이에 이르렀으니 이 책의 잘못이 어찌 다만 정도전을 제일 먼저 올린 것에 그치겠는가? 나는 후대에 시를 배우는 자들이 허균으로 인해 잘못될까 두려워 드디어 잘못된 사례를 적어 그들로 하여금 깨우치도록 하고자 한다.*

_「서국조시산발(書國朝詩刪跋)」,『방편자문록』

조선조 최고의 시선집으로 평가를 받거니와 한시 비평 방면에서도 큰 의의를 지니는『국조시산』은 허균이 역모에 가담한 혐의로 처형당할 때 정도전의 시를 가장 먼저 실은 것이 죄목이 되어 간행이 되지 못하다가 후대에 편찬되었다. 위의 글 첫 부분에 "그러나 말과 인성이 서로 어긋났다고 한다면 옳겠지만 말이 사람을 구제한다면 옳지 않다"라고 한 것은 박태순(朴泰淳)이『국조시산』의 간행을 주도하면서 쓴 서문의 "그 사람은 폐할 수 있어도 그 말은 오히려 폐할 수 없다. 하물며 그 모은 것이 자기의 말이 아니라 여러 어진 이의 말일 경우에는 더욱 폐할 수 없다. 우리나라의 시선집이 많지 않은 상황에서 이것이 가장 잘되었다고 일컬어지므로 후대에 전하지 않을 수 없음은 분명하다."**라는 논의에 대한 반론이다. 박태순은 허균이라는 인간 자체에 문제가 많긴 하지만 그가 남긴 이 시선집은 가장 잘된 것이란 평가를 받기에 간행해야 한다는 논리이다. 이에 대해 서파는 작품 때문에 그 작가의 잘못을 덮어서는 안 된다고 하였다. 더군다나 서파가 생각할 때『국조시산』은 전혀 잘된 시선집도 아닐뿐더러 여러 문제점을 지니고 있는 것이다.

* 　國朝詩刪板鋟而毁者再以其人也 不以人廢言卷首論之多矣 然言與人背馳則可言濟其則不可 此書評批 專尙浮華輕薄 大失古人立言之意 且捨江西而言杜 捨杜而言唐 其所謂杜與唐者 幷非其精也 國朝明宣之際 詩莫高於蘇齋守菴簡易 莫不高於孤竹玉峯蓀谷 彼方汲汲於三人 曁曁於三子 近日詩格之委靡 筠使之也 栗谷先生爲世大儒 言如其德 而入選纔一律 亦非本集所載 斯乃筠有意於金時習賈浪仙一聯而不知其激語 非眞款也 以小人侮弄君子放恣至是 則此書之幸 豈徒首一鄭道傳而已哉 余恐後代學詩爲筠所誤 遂作謬例故爲之提醒如石 丁巳臘日晉陽柳儆序.

** 　其人廢, 其言尙不可廢 況其所集 非其言 而諸賢之言者哉 東詩選集旣未多有 而此爲稱最 則其不可不傳也審矣.

서파는 허균의 선시안(選詩眼)과 『국조시산』의 문제점을 다음과 같은 네 가지 이유를 들어 비판하였다.

첫 번째로 부화(浮華)하고 경박(輕薄)한 시만을 높게 여겨 고인이 입언한 뜻을 크게 잃었다고 하였다. 스승인 이달(李達)에게 당시를 배웠고, 명나라 문인들과 교유하여 당풍에 대한 호감을 지니고 있던 허균이었기에, 『국조시산』을 편찬하면서 당시 경향의 작품들을 주로 뽑았고 당풍에 견주어 평을 달았다. 박태순이 쓴 서문에서 '성률지청(聲律之淸)'과 '색택지현(色澤之絢)'을 선시(選詩)의 기준으로 삼았다고 언급하였는데 이 점을 서파는 못마땅하게 여긴 것이다. '성률지청'과 '색택지현'이 청각적인 음악성과 시각적인 이미지라고 했을 때, 서파는 이러한 외형적인 아름다움보다 시가 담고 있는 주제의식이나 사상을 더 높게 여긴 것이라 할 수 있다. 이는 조선 중기 삼당파 시인에 대한 극단적 폄하로 제시되었다.

두 번째로 강서시파를 버려둔 채 두보를 말하였고, 두보를 버려둔 채 당시를 말하였다고 하여 비판하였다. 앞에서도 언급했듯이 강서시파가 두보를 가장 잘 계승하였다고 생각한 서파이기에 두보에 대해서는 높게 평가하면서도 "송대에 이르러 시가 망했다"고 단언할 정도로 강서시파의 시풍에 대해서는 비판적이었던 허균의 시관(詩觀)을 받아들일 수 없었던 것이다. 또 허균은 '사절의속(辭絶意續)', '지근취원(指近趣遠)'이라는 표현으로 시상을 함축적으로 전달하는 것이 시의 원리라 생각했으며, 이러한 원리를 가장 잘 수용한 것이 당시, 특히 성당풍이라며 당시를 긍정하였는데, 이에 대해 서파는 허균이 두보의 현실 고발적인 시의식에 대해서는 간과하였다고 본 것이다.

세 번째로 허균이 주로 선발한 시인들에 대한 비판이다. 허균은 조선조 시가 중종, 선조 연간에 이르러 큰 성과를 이루었다고 보고, 이 시기 시인들의 작품을 다수 선발하였다. 그 가운데에서도 당풍을 추구한 시인들의 시를 비중 있게 선발하였는데, 서파는 노수신, 박지화, 최립 등 송풍의 경향이 있었던 시인이 가장 뛰어나며, 당시를 배운 삼당파 시인이 가장 용렬하다고 하였다. 이는 첫 번째 근거와 상통하는 점이다.

네 번째로 허균이 선발한 율곡의 시에 대한 비판이다. 허균은 『국조시산』에 율곡의 시를 단 한 편만 뽑아서 수록하였다. 〈초출산증심경혼장원(初出山贈沈景混長源)〉이라는 제목의 시로 당시에 큰 논란이 되었던 작품이다. 이 시의 함련 "전신정시김시습 금세잉위가랑선(前身正是金時習 今世仍爲賈浪仙)"이라는 구절이 문제가 된 부분이다. 전생에는 김시습이었고, 현세에는 가랑선이라고 하였으니 율곡 스스로 승려의 행적을 고백한 것이 된다. 당시 서인들은 이 시가 율곡의 작품이 아니라고 하며 문집에도 수록하지 않았는데, 허균이 율곡을 욕보이기 위하여 고의로 이 시를 선발하였다고 문제 삼았다. 서파는 이 시가 율곡의 작품임을 인정하면서도, 한때의 격한 감정 때문에 나온 시구이기에 율곡의 진심은 아니라고 옹호하였다. 즉 서파가 허균을 비판한 것은 율곡의 뛰어난 다른 작품들도 많은데 굳이 문제의 소지가 있는 이 작품 한 편만 선발했기 때문이다.

위의 글에서 근래에 시격이 위미해진 것이 모두 허균의 책임이라고 하였듯이, 서파는 시에서의 높은 기세를 중시하였다. 목릉성세(穆陵盛世)에서 높은 기세를 추구하며 최고의 시인으로 일컬어지던 권필을 "기가 약하고 뜻이 너무 드러난다"고 비판한 것과 정두경의 시가 마치 비가 퍼붓듯 힘이 있다고 긍정한 언급이 그 예가 될 것이다.

지금까지 살펴본 대로 서파는 조선 시단의 흐름을 통시적으로 꿰뚫고 있었으며, 자신의 시론에 근거하여 기존 시인들을 칭송하거나 비판할 때 지나칠 정도로 과격한 표현도 꺼리지 않았다. 그의 주장과 견해는 그 옳고 그름을 떠나 명쾌하다는 느낌을 받을 수 있는데, 이는 적당한 타협을 거부하는 그의 성격과 관련이 깊다고 생각된다.

결론적으로 시의 아름다움을 추구하고, 중국의 시와 비슷해지고자 노력하였던 시인들을 혹독하게 비판하였다는 점에서 서파가 수사법이나 성률 등 외양보다는 시에 담긴 의식과 사상을 중시하였고, 여기에 더하여 작품에서 느낄 수 있는 기세가 높은 작품을 선호하였다는 점을 알 수 있다.

4 시 세계의 특징

1) 사의식과 현실 인식

이칠지(李七之)는 서파 말년에 "그대 집안에 값나가는 물건은 청한함이니, 반평생 남에게 구걸한 게 없었다네[君家長物是淸寒, 半世於人不有干]"라는 시를 지어 보내주었는데, 이는 서파의 한평생을 가장 잘 표현한 것으로 보인다. 위의 시구에서 나오는 "청한(淸寒)"이란 용어는 "빈한한 가운데에서도 맑음을 잃지 않는다"는 의미로, 비록 삶이 고달프고 가난하지만 세속과 타협하거나 권귀(權貴)에 아부하는 등의 속된 생각을 끊고 올바르게 평생을 살아온 서파를 상찬한 표현이다.

청한한 삶 속에서 학문을 연구하며 평생을 보낸 서파였지만 "시마는 끝내 인연이 중하여, 매번 좋은 날 만나면 시 짓느라 고생한다[詩魔終是因緣重, 每値良辰覓句難]"라고 읊었듯이 시인이라는 의식을 항상 지니고 있었다. 본 절에서는 서파가 청한한 삶 속에서 당면한 현실을 어떻게 인식하고 시로 표현했는지 살펴볼 것이다.

서파는 어릴 적부터 학문에 남다른 재능을 보였고, 여타 사대부 자제처럼 과거급제라는 포부를 가지고 공부에 전념하였다. 그가 젊은 시절 품었던 꿈과 포부는 아래에 인용한 몇 개의 시구에서 확인된다.

철이 들기 전까지 본래 의도는 반드시 높은 관리였는데
늙기도 전에 마소유처럼 생각을 바꿨지.*
_「지주(止酒)」의 수련, 『좌집』

소년의 기대와 희망 옛날부터 우활하여
반드시 경천동지하는 사람이 되려고 하였지.**
_「제야삼수(除夜三首)」 첫 번째 작품의 수련, 『단구처사집』

* 終童本意必封侯, 未老翻思馬少遊.
** 少年期望昔迂濶, 必做驚天動地人.

140

서파는 관직에 진출하여 세상을 깜짝 놀라게 할 큰 인물이 되겠다는 포부를 품었지만 상황이 여의치 못하였다. 결국 서파는 명산에 복거하여 천진(天眞)을 지키라는 모친 사주당의 가르침에 따라 과업을 포기하고 위기지학(爲己之學)에 매진하였다.

관직으로 진출하여 임금을 보필하고 백성들을 구제하려는 선비들의 소망이 본인의 능력이나 행실과는 무관하게 운과 속임수에 좌우되는 당시 사회의 모순을 서파는 충분히 인식하였고, 이를 신랄하게 비판하는 시를 짓기도 하였다. 그는 과거를 도박에 비유하며 운과 속임수만이 횡행하는 세태를 비판하였고, "관직의 길은 높은 문벌이 필수니, 글솜씨나 재주는 쌀겨처럼 천하게 본다"*** 라거나 "부끄러워 죽겠네 어려서 책도 읽지 않고서, 사람을 고용해 과거에 급제하고 남에게 자랑하는 것이"****라며 과거제도의 문제점과 비리를 직접적으로 비판하기도 하였다. 그러나 대부분의 시에서는 자신을 자조하는 선에서 그쳤다. 울분을 절제하고 조절하며 시를 쓰고자 했던 의식은 평생을 선비로 살아가는 데 만족한 그의 현실 인식과 관련이 있는 것으로 보인다.

마음을 쓰지도 않고 힘도 쓰지 않으면서도 오히려 한평생

***　仕宦必須高門閥, 文華才謂賤糠粃.
****　愧殺幼年書不讀, 雇人求第對人誇.

옷과 음식을 소비하니, 이런 사람을 '늙어도 죽지 않는 도적'이라고 일컫는다. 옛날엔 사민(四民) 외에 다른 부류가 없었지만 지금은 이미 선비의 일을 할 수 없으면서도 오히려 농사, 공인, 장사를 하려고 하지 않는 이가 항상 많다. 내 자손 중에 이러한 사람이 있는 것을 원하지 않으니, 진실로 학문에 마음을 쏟을 수 없다면 반드시 천한 일일지라도 하여 힘을 쏟은 연후에야 무위도식을 면할 수 있고 음란한 생각을 금할 수 있을 것이다.*

_「이손편(貽孫篇)」『예사(藝事)』.

위의 글은 말년에 자손들의 생활 지침서라 할 수 있는 「이손편」에 남긴 것으로, 당시 양반이라는 체면을 내세워 무위도식하는 이들을 비판하고 자신의 능력을 헤아려 선비의 길을 걷기 어렵다면 천한 직업이라 손가락질을 받더라도 그쪽으로 나아가라고 당부하는 내용이다. 허위나 체면에 얽매이지 않는 서파의 현실적인 인식을 읽을 수 있다.

군이 연암의 『양반전』을 예로 들지 않더라도 조선 후기 들어 양반 계층은 권력의 최고층을 차지하는 벌열층(閥閱層)과 정치

---

* 人不勞心 亦不勞力 尙費百年衣食 酒所謂老不死賊也 古者 四民外無餘人 今旣不克士業 尙不肯爲農工賈者常多 吾子孫不願有此人 苟不能勞心文學 須執一廛事勞力 然後免素餐 然後禁淫思.

적으로나 경제적으로 일반 평민에 가까울 정도로 몰락한 사(士) 계층으로 극단화되었다는 점은 주지의 사실이다. 서파는 직접 농사를 지어 생계를 유지하였기에 몰락한 부류라 할 수 있는데, 때로는 자신의 삶을 한탄하고 자신의 성격을 '광(狂)'이라고 자조하기도 하였으나 그것 때문에 방일(放逸)함으로 흐르지는 않았다. 그는 자신의 운명을 받아들이고 지식인으로서의 자아를 정립하고자 하였으며 그 바탕 위에서 사로서의 책임을 다하고자 하였다. 시의 미자(美刺) 기능을 강조하는 유교적 시관을 견지하였고 투철한 사의식(士意識)을 지닌 서파였기에, 정치와 사회의 부조리를 비판하고 고발하는 내용의 시를 적지 않게 발견할 수 있다.

대표적으로 당시 학문 풍토를 비판한 내용의 시를 살펴보자.

경서는 성현의 얼굴 대하는 것 같아
글자마다 사람을 채찍질하듯 하나하나 흉터 생긴다.
가련하구나! 지금 시대 탐독하는 사람들
심심풀이로 책을 잡고 글로만 보기를 좋아하는 것이.**
_「자경십절(自警十絶)」 중 첫 번째 작품, 『지학집』

정조가 문체반정을 일으킬 정도로 18세기 이후 우리 문단

** 經書如對聖賢顔, 字字鞭人一一瘢, 可惜今時貪讀子, 尋常把作好文看.

에는 다양한 장르의 작품들이 난무하였다. 특히 중국 서적의 유입으로 소설이나 명청 시대의 소품문이 크게 유행하여 많은 이들이 거기에 열광하였는데, 서파는 이러한 세태를 비판한 것이다. 그러나 서파는 소설이나 명청 소품문 자체를 크게 부정하지는 않았다. 젊은 시절 소품체를 본떠 시를 짓기도 하였고, 특히 『서상기(西廂記)』를 후손들이 읽어야 할 책으로 지목하기도 하였다. 이 점이 똑같이 고문(古文)을 존중하였던 동시대 다산과의 차별성이라고 할 수 있는데, 다산에 비해 좀더 유연한 사고방식을 지녔다고 볼 수 있다. 다만 서파가 비판한 것은 소설이나 소품문에 매료되어 유교 경전의 가치를 인정하지 않는 학문 풍토라고 할 수 있다.

또 다수의 악부 계열 시에서 위정자들의 잘못된 정치와 그로 인한 백성들의 고통을 고발하는 비판의식을 살펴볼 수 있다. 결국 서파는 재능을 타고 났지만 그와는 동떨어진 빈한한 삶을 살았기에 종종 자신의 신세를 자조 섞인 어투로 한탄하고 세상을 비판하였다. 하지만 자신의 처지를 운명으로 받아들이며 평생을 올바른 마음가짐을 견지하면서 학문 연마에 매진하는 사의식을 지녔고, 당대 사회의 부조리를 비판하고 백성들의 애환을 함께 아파하는 애민의식을 시로 형상화하기도 하였다.

2) 일상의 표현과 통속성

조선 후기 한시의 대표적인 특징으로는 사실주의적 시풍을 꼽을 수 있다. 17세기 후반 농암이 "당인(唐人)은 당인(唐人)이고 금인(今人)은 금인(今人)이다. 서로 간에 천년이나 떨어져 있는데도 당인의 성음(聲音)과 기조(氣調)를 하나라도 다름이 없도록 배우고자 하는데, 이것은 이치나 형세상 있을 수 없는 일이다. 억지로 비슷해지려 한다면 또한 나무 인형이나 진흙 인형이 사람의 모습을 닮으려 하는 것에 그칠 따름이니, 그 형상은 비록 비슷하더라도 자연스러움은 전혀 있지 않다. 어찌 귀하게 여기겠는가?"*라며 당풍을 추구하던 당시 시인들의 의고성과 가식성을 비판하기도 하였다. 농암이 송시풍으로의 변모를 꾀한 이래 제자 및 문인들에 의해 '조선풍(朝鮮風)'이라고 하는 새로운 시풍이 유행하였다. 이들은 자신들이 살고 있는 시공간에 관심을 기울이고, 상대적으로 '저속한 것', '사소한 것'으로 치부되었던 것에도 가치를 부여하였다.** 서파 역시 송시(宋詩)의 가치를 적극적으로 옹호하였던 바, 이러한 경향은 그의 시세계의 특징 가운데에서도 중요한 의미를 지닌다.

---

* 唐人自唐人 今人自今人 相去千百載之間 而欲其聲音氣調無一不同 此理勢之所必無也 强而欲似之 則亦木偶泥塑之象人而已 其形雖儼然 其天者 固不在也 又何足貴哉. 金昌協,「雜誌」,『農巖集』34권.

** 박제가는 "하늘과 땅 사이에 가득 차 있는 것이 모두 시이다[盈天地之間者 皆詩也]"라고 언급하기도 하였다.(『炯菴先生詩集序』,『貞蕤閣集』2권)

본 절에서는 서파가 18세기 후반부터 19세기 초반 조선의 사회상과 그 속에 살아가는 인간 군상을 어떻게 그려내고 있는지 살펴보고자 한다. 단양에서의 10년을 제외하면 서파가 주로 생활했던 지역은 광주와 용인 부근이다. 그는 남한강을 끼고 있는 수려한 풍경과 평야가 펼쳐진 곳에서 직접 농사를 지으며 생계를 유지하였다. 서파에게는 사시사철 면모를 바꾸는 강과 산, 그 속에서 살아가고 있는 인간 군상과 온갖 미물들이 모두 시의 재료였다. 먼저 일상생활에서 쉬이 접할 수 있는 것을 소재로 쓴 시를 살펴보겠다.

> 문 닫으면 방 안에 벼룩이 있고
> 문 열면 숲에는 모기가 있네.
> 날카로운 부리로 제철을 만나
> 있는 곳마다 번번이 떼 지어 달려드네.
> 벌거벗은 몸이 괴로움 감당하지 못해
> 쫓아내려 할수록 오히려 더욱 날뛴다.
> 천시가 때마침 이 시기에 해당하니
> 어느 곳인들 그대를 피할 수 있으랴.
> 서릿바람 불어올 때 앉아서 기다릴 수밖에
> 손과 피부 트는 걸 원망치 않으리라.*

한여름 극성을 부리는 모기를 소재로 쓴 작품이다. 한유(韓愈)는 『잡시사수(雜詩四首)』의 첫 번째 작품 수련에서 "아침 파리는 쫓아낼 수도 없고, 저녁 모기는 잡을 수 없다네[朝蠅不須驅, 暮蚊不可拍]"라고 읊었는데, 이를 본떠서 지었기에 제목을 「효한시(效韓詩)」라고 한 것으로 보인다. 시인들이 눈길을 잘 주지 않던 이, 벼룩, 모기 등과 같은 미물을 제재로 삼아 시를 썼던 것이 한유 한시의 특징 가운데 하나이기 때문이다.

지금도 마찬가지지만 여름밤의 모기는 여간 골치 아픈 존재가 아니다. 문을 닫고 방안에서 부채질하면서 더위를 식히다 참지 못해 문을 여니 기다렸다는 듯이 달려드는 모기에 시달리는 시인의 모습이 눈앞에 그려진다. 결말에서는 이렇듯 모기가 날뛰는 것이 천시가 그러하기에 당연하다며 체념하고 빨리 서늘한 기운이 와서 사라져주기를 바라는 소박한 마음을 담았는데, 이도 역시 한유의 작품과 유사한 결말이다. 이렇듯 누구나 겪을 수 있는 일상적인 상황을 시로 그려낸 것이 참신하다. 운자를 맞추기 위해서이겠지만 모기를 '군(君)'이라고 한 표현도 새롭게 느껴진다. 다음은

* 閉門席有蚤, 開門林有蚊, 利口方得意, 所在輒成羣, 赤身不堪苦, 欲驅愈紛紛, 天時適當此, 何地可避君, 坐待霜風寒, 不怨手皮皴.

눈[雪]을 소재로 하여 쓴 시이다.

> 소리도 없이 물 부스러기 하늘하늘 내리는데
> 밤이 든 천지는 차갑고 조용하구나.
> 아직 덮이지 않은 긴 여울엔 검은 띠 남아 있고
> 완전히 덮인 먼 봉우리는 소금을 쌓아놓은 듯.
> 시인은 흥이 동하야 언 벼루를 털고
> 병든 계집종은 햇볕 쬐느라 얕은 처마에 쭈그려 앉았네.
> 여섯 모가 분명하다고 옛말에 전해오지만
> 눈이 어두워 가늘고 뾰족한 까끄라기 구별하기 어렵네.*
>
> _「대설화착간산집의자첨자(大雪和着看山集義字尖字)」,『지학집』

눈 내린 광경을 묘사한 위의 시에서는 특히 함련과 경련이
돋보인다. 수련에서는 밤새도록 소리도 없이 눈이 내린 상황을 서
술하였다. 제목에 대설(大雪)이라고 하였으니 큰 눈이 내린 것이다.
아침이 되어 문을 열고 바라본 세상은 말 그대로 온통 새하얗다.
딱 하나 하얀색을 띠지 않는 것이 바로 강물의 물줄기이다. 함련에
서 눈에 덮이지 않은 물줄기를 검은 띠라고 묘사한 것과 온통 새하

---

*   無聲水屑下纖纖, 入夜乾坤冷肅嚴, 未覆長灘餘皁帶, 全封遠岫積形鹽, 騷人動興
敲冰硯, 病婢迎暄跼短簷, 六出分明傳古語, 眼昏難辨碎芒尖.

얀 것을 마치 소금을 뿌려 놓은 것 같다고 비유한 것이 특히 잘된 표현으로 보인다. 경련에서는 눈이 내린 풍경을 보고 흥이 동한 시인이 시를 짓고자 분주한 모습과 따스한 겨울 햇볕을 쬐기 위해 처마 끝에 쪼그려 앉아 있는 계집종의 모습이 마치 눈앞에 보이는 듯 생생하게 묘사되어 있다. 미련은 눈이 육각(六角)의 결정체로 되어 있다고 하여 육출화(六出花)라 일컫는 것에서 끌어와 눈송이를 자세하게 살펴보는 시인의 세심함도 엿볼 수 있다.

위 두 편의 시에서 살펴보았듯이 서파의 경물시는 세심한 묘사 속에서도 위트를 느낄 수 있는 다정다감함이 돋보인다.** 앞 절에서 살펴본 대로 사회를 비판하는 시에서 드러난 격한 감정과 울분을 자제하고 대상에 대한 따뜻한 애정과 여유를 느낄 수 있는 것이다. 일반적으로 성리학자들의 경물시가 심오한 이치를 담고 있는 반면 서파의 경물시는 다소 무겁거나 심각한 주제가 아니라 평이하면서도 가볍고 경쾌한 의미를 담아내는 데 성공하였다고 평가할 수 있다.

다음으로 농촌 생활을 묘사한 작품을 살펴보자.

닭 잡고 막걸리 아우른 새참

** 버들개지를 "햇볕 못 받아 잘 안 녹는 눈 같고, 힘없이 바람 따라 흔들리는 나방이로구나.[難消迷日雪, 無力逐風蛾]"라 읊은 구절도 그의 세심한 비유가 돋보인다.(『柳絮』의 함련, 「丹邱處士集」)

가을 분위기는 농민에게 있구나.

옥돌에 터니 쌀이 비 오듯 쏟아지고

멍석 폈다 줄였다 하며 먼지 털어내네.

계획대로 하다 보니 한 해가 끝나가는데

공적을 매겨보면 봄부터 시작된 것이라네.

윗사람 아랫사람 모두 이익을 취하지만

균등하게 나누는 것은 인이 아니라네.*

　　　　　－「관타화(觀打禾)」, 『비옹집』

위의 시는 가을날 타작을 하는 광경을 그린 작품이다. 먼저 수련과 함련에서는 들밥을 먹어가며 타작을 하는 농촌의 풍광을 원근의 기법을 이용한 파노라마 형태로 묘사하였다. 넓은 평야 곳곳에서 볼 수 있는 광경일 터이고, 새참으로 먹는 푸짐한 음식, 떨어지는 벼 이삭을 비 오듯 한다고 한 표현 등 풍족함을 드러내 전체적으로 여유로움과 평화로움을 느낄 수 있게 하였다. 경련에서는 가을날 풍성한 수확을 거두게 된 공적을 따져보니 봄부터 시작되었다고 하면서, 전투에서의 작전과 공로에 비유한 것이 새롭다. 미련에서는 추수한 곡식을 지주 또는 국가와 소작농이 똑같이 나

＊　　黃雞白酒餾, 秋色屬農人, 雨粟砧攻擊, 吹塵席屈伸, 運籌將卒歲, 序績自開春, 上下交征利, 分均未是仁.

누는 것은 이치에 맞지 않다고 하여 은연중에 당시 농촌의 수취제도에 대한 비판의식을 드러내었다.

서파가 활동하였던 18세기 말에서 19세기 전반기는 그 어느 때보다도 중세적 모순이 첨예하게 드러난 시기였다. 화폐 경제의 발달로 도시가 발전하고 농업 생산력이 증대하여 토지가 소수의 지주층과 부농층으로 집중되었는데, 이 같은 현상은 심각한 빈부격차를 야기하였고, 이로 인해 다수의 빈곤층이 양산되었다.** 일부 계층의 토지 독점으로 대부분의 농민이 소작농으로 전락하여 토지대의 명목으로 지주에게 일정량의 곡식을 바쳐야 했다. 이러한 문제점을 "상하교정리 이국위의(上下交征利 而國危矣)"라는 『맹자』의 문구와 『주자어류』에 나오는 "미시인(未是仁)"을 그대로 시어로 차용하여 질박하면서도 강한 어기를 느끼게 하였는데, 이것이 강서시파의 작법이라고 생각한다.

다음으로 당시 풍속을 읊은 시를 살펴보자.

> 오늘 아침 태양이 하늘 한가운데 이르니
> 좋은 절기 천중이라 풍속은 오히려 똑같다네.
> 머리엔 부들비녀 꽂아 경쟁하듯 농염함 자랑하고
> 문에는 쑥 허수아비 걸어두어 똑같이 흉함을 쫓는다네.

** 강만길, 『한국근대사』(창작과비평사, 1984) 3장 '중세적 신분질서의 붕괴' 참조.

부끄럽게도 게으른 성품이라 많은 일을 하지 못하고

억지로 지팡이 짚고 저녁바람 쐬누나.

어찌 하면 팥죽 한 그릇 얻어서

모든 사악함 완전히 제거하고 내 가슴 깨끗하게 할거나.*

　　_「단오(端午)」, 『순유육집』

　위의 작품은 단오의 풍속을 읊은 시이다. 수련에서는 단오의 다른 이름인 천중절(天中節)에 착안하여 태양이 하늘 가운데 솟아 있다는 의미의 천중과 겹쳐서 사용한 것이 이채롭다. 함련에서는 전통사회에서 농가의 부녀자들이 창포 뿌리를 잘라 비녀로 만들어 머리에 꽂아 두통과 재액을 막는 '단오장(端午粧)' 풍속과 오시(午時)에 뜯은 약쑥을 한 다발로 묶어서 대문 옆에 세워두어 재앙을 물리치는 풍속을 정교한 대우를 이용하여 묘사하였다.

　위의 작품처럼 농촌 사회의 풍속을 시로 표현한 경우는 다른 시에서도 종종 보인다. 대표적으로 섣달그믐날 뜬눈으로 밤을 지새우는 풍속과 탈을 쓰고 역귀를 물리치던 구나(驅儺) 의식을 읊은 "병들었어도 시골 풍속을 따라 밤 지샐 수 있고, 미쳐 시장 아이 따라 구나하고자 한다"**(「제야삼수(除夜三首)」의 셋째 수, 『단구처사집

---

　*　今朝朝日到天中, 佳節天中俗尙同, 頭戴蒲簪爭取艶, 門懸艾偶競驅凶, 羞將懶性供多事, 强倚枯笻向晚風, 安得集糵分一豆, 輩邪除盡淨吾胸.

　**　病能守夜循鄕俗, 狂欲驅儺逐市童.

152

(丹邱處士集)』)와 동짓날 팥죽을 먹으면 역귀를 물리칠 수 있다는 풍속을 읊은 "팥죽이 어찌 굶주린 귀신 쫓을 수 있으랴, 달력은 다만 노년기라 놀라게 하네"***(「동지서사(冬至書事)」, 『알음집(遏音集)』), "팥죽은 곤궁한 귀신 쫓기 가장 알맞고, 달력이 어찌 굳센 마음 놀래키랴"****(「동지야월명홀억신유소작수개기비고자구이색권필(冬至夜月明忽憶辛酉所作遂改其悲苦字句以塞倦筆)」, 『행수단집(杏樹檀集)』)와 대보름 답교(踏橋) 놀이를 묘사한 "올해 처음으로 당당하게 떠오른 밝은 달, 서리 내린 다리 밟으려 사람들은 밤에 분주하다"*****(「상원야불부유약(上元夜不赴遊約)」, 『관청농부집(觀靑農夫集)』) 등을 들 수 있다.

지금까지 살펴본 바와 같이 서파는 주위에서 쉽게 접할 수 있는 사물과 그 속에 살고 있는 평범한 인간 군상들의 생활을 시로 형상화하였다. 그가 주로 관심을 둔 것은 아름답거나 우아한 것이 아니다. 벼룩, 모기, 잠자리 등 미물을 비롯하여 담배, 노처녀, 아이들의 싸움, 평범한 어느 초가에서 발생한 화재 사건 등 오히려 저속하다고 느껴질 정도로 속화된 것이다. 소재의 측면뿐만 아니라 시어의 구사와 비유에 있어서도 이러한 경향을 볼 수 있는데, 아래에 몇 가지만 제시한다.

*** 豆粥豈能窮鬼逐, 曆書秪作老秊驚.
**** 豆粥最堪窮鬼逐, 曆書寧足壯心驚.
***** 堂明月一秊初, 踏得橋霜人夜走.

㉠

경술은 세상에서 개소리라 조롱할테고
가풍은 사람들 누가 계속하여 이어짐을 알리오.*
_「배민(排悶)」의 함련, 『성가집』

사람들은 경전을 말하는 것을 개소리라 하고
나는 재주가 많은 것도 아닌데 오히려 곤궁한 날다람쥐 신
세.**
_「병술제야(丙戌除夜)」의 경련, 『역명집』

㉡

관청이여 관청이여 삼면이 막혀 있으니
하늘이 궁벽진 골짜기 만들어놓고 곤궁한 사람 기다린게
지.***
_「비옹칠가(否翁七歌)」 5번째 작품의 1연, 『비옹집』

장사는 예로부터 굶어죽는 이 많은 법

* 經術世將嘲狗曲, 家風人孰識蟬嫣.
** 人以說經爲狗曲, 我非多技尙題窮.
*** 觀靑觀靑三面障, 天設窮谷待窮相.

뒤통수에 귀신의 야유 감당키 어렵다.****

_「주배(酒盃)」의 미련, 『단구처사집』

㉢

겨울 볕은 차가와 과부가 화장한 모습 띠고

밤중에 내리는 비는 그윽하여 귀신이 우는 마을 같아라.*****

_「수신성(睡晨醒)」의 경련, 『단구처사집』

봄을 아끼는 것은 괴로움이 미인과 같으니

올 때는 더디더니 갈 때는 빠르구나.******

_「석춘(惜春)」의 수련, 『비옹집』

㉣

그대 가슴속 아름다움 시로 인해 드러나고

부인 손의 금과 은은 술 때문에 가벼워졌다.*******

_「야회경부택념운(夜會敬敷宅拈韻)」의 함련, 『역명집』

****　　　壯士古來多餓死, 不堪顱後鬼揶揄.

*****　　冬陽冷作孀粧色, 夜雨幽如鬼泣城.

******　惜春苦與美人同, 來得遲遲去得悤.

*******君胸錦繡因詩著, 婦手金銀爲酒輕.

155

㉤

대추꽃 떨어지자마자 박꽃이 피고
그늘진 가시울타리 물가에 보인다.
먼 마을의 늙은이 담뱃대 물고 서 있어
때때로 바람이 담배연기 몰아온다.*
_「제벽즉경(題壁卽景)」의 경련과 미련, 『행수단집』

㉠은 '개소리[狗曲]'라고 하는 저속한 시어를 구사하여 당시
사회에서 유교 경전을 경시하는 풍조를 강렬하게 풍자하는 효과
를 거두고 있다.

㉡은 곤궁한 관상이라는 의미의 '궁상(窮相)'과 빈정거리거
나 놀린다는 의미의 '야유(揶揄)'를 시어로 구사하였는데, 이도 역시
'궁상떨다', '야유하다'와 같이 쓰이는 점을 고려하면 속된 시어이다.

㉢은 비유가 속된 경우이다. 아무리 화창한 겨울 날씨라도
온도는 낮기에 따뜻함을 느낄 수 없음을, 곱게 화장한 과부에게서
아름다움보다는 측은함을 느끼는 것으로 비유하였고, 봄날이 짧은
것을 미인이 올 때는 늦더니 갈 때는 빠르다고 비유한 것이다.

㉣은 술값으로 아내의 패물을 하나둘 팔아서 없어졌음을
해학적으로 읊은 것인데, 이것도 역시 세련되고 우아한 비유와는

---

*　棗花纔落瓠花開, 掩映荊籬見水隈, 遠遠村翁含竹立, 有時風引草烟來.

거리가 멀다.

ⓜ은 대추꽃과 박꽃이 핀 풍경과 담뱃대를 물고 있는 시골 늙은이를 묘사한 것으로 극히 일상적인 소재이다.

위와 같이 서파는 '아름다운 것', '우아한 것'에서 '속된 것', '정감 있는 것'으로 관심을 돌리고 그 속에서 새로운 미감을 창조하고자 했다고 할 수 있겠다.

심경호는 서파의 산문 작품의 통속성을 거론하면서 "류희가 시의 목적을 수기치인, 선선오악에 있다고 주장하면서도 그가 창작한 시들은 그러한 목적을 수행하기에는 소재의 면에서나 형식의 면에서 지극히 '속화'되어 있고 주제 또한 확산적이다. 당대의 문학론과는 상이한 관점을 견지했던 것은 그 자신의 독특한 생활 양상과 문학 수련에서 연유한 듯하다. 그것은 19세기 초반에 경화세족이나 결속력 강한 문학 집단과는 동떨어진 한사로서 새로운 문학을 추구한 결과라고 할 수 있다"라 하였다.** 서파의 삶이 주류에서 벗어나 있기에 당대의 문학관과는 상이했다고 하는 설명은 타당성을 지니기는 하지만 한 가지 더 고려해야 할 점이 있다고 생각한다.

조선 후기 시풍의 두드러진 특징 가운데 하나가 민중의 삶에 관심을 가지고 시로 형상화한 것임은 주지의 사실이다. 이는 시

** 심경호, 「유희의 한문문학에 나타난 통속성」(『고전문학연구』 35권, 2009), 433쪽.

인이 주류 계층이든 비주류의 소외된 계층이든 공통적인 현상이기 때문이다. 그러나 그들은 주로 악부나 고시에서 저속한 표현을 구사하였다. 그런데 위에서 인용한 시구 가운데 ㉡의 첫 번째 구절을 제외하면 모두 근체 율시이다. 엄격한 격식과 형식미를 추구하는 율시에서 위와 같이 속된 시어와 비유를 활용한 것은 앞에서 살펴본 서파의 시에 대한 인식을 고려할 때 강서시파의 '이속위아(以俗爲雅)'의 구현과 연결된다고 하겠다.

3) 울울한 정신의 발산과 호방의 미학

서파는 어린 나이에 부친을 여의었다는 개인적 사정과 재능을 지니고도 평생 주류에 속하지 못한 채 살 수밖에 없었던 울분이나 비애감을 시로 토로하였다.

> 그대는 내게 술잔 권하지 말고
> 내가 부르는 비래가 들어보시게.
> 길가 버려진 잡초 속 무덤은
> 대부분 학덕 높은 선비의 혼이라네.
> 훈계하는 글을 지어 손자에게 주노니
> 삼가서 절대로 고문에 빠지지 말거라.

고문 모두 읽어 가슴속에 계책 품어도

누가 말했던가 시장 장사꾼만 같지 못하다고.

시장의 재물이 권세가의 집으로 모여드니

계책 열 번 올려도 열 번 퇴짜 맞는다네.

부모님 아들 낳고 총명하길 원하셨지만

지금 보니 총명함이 내 삶을 그르쳤구나.*

…이하 생략…

_「고비래가(古悲來歌)」의 앞부분, 『성가집』

권력층에 뇌물을 바쳐야 출세를 할 수 있는 사회구조 속에서는 뛰어난 재능을 지니고 평생 학업에 매진하여 학덕을 갖추더라도 현실에서 제대로 인정받지 못하고 쓸쓸히 사라지는 것이 당연한 일이다. 총명함이 삶을 그르쳤다고 하는 부분과 자손들에게 절대로 공부를 하지 말라고 권하는 부분에서 작자의 강렬한 울분과 회한을 엿볼 수 있다.

자신의 재능을 제대로 펼 수 없는 정치 구조, 자신이 생각하는 방향과 거꾸로 흘러가는 사회 세태, 가렴주구를 일삼는 위정자들의 횡포, 그 속에서 고통받는 백성들에 대한 연민 등으로 그는

---

* 君莫勸我杯, 聽我歌悲來, 路傍荒草墳, 多是宿儒魂, 作誠與孫子, 愼勿癖古文, 古文讀盡抱籌策, 誰謂不及市廛客, 市廛有貨達朱門, 籌策十上十退斥, 爺孃生子願聰明, 到今聰明誤我生.

평생토록 평안한 의식을 지닐 수 없었다. 가슴속에 막혀 있던 분노와 답답함을 그는 종종 시로써 호방하게 발산하였다. 앞에서 살펴본 대로 부침이 심한 삶 속에서도 좌절하지 않고 현실을 긍정하는 작품을 많이 창작한 소동파의 시풍을 따른 것이다. 이는 앞에서 주위의 사물에 대한 애정 어린 시선과 다정다감한 의식을 드러낸 경물시와는 사뭇 다른 경향이다.

구체적인 작품을 통하여 서파가 추구하였던 호방한 시풍의 미감을 고찰해보자.

> 바람이 몰아치고 번개가 치듯 천리 내달리니
> 풀은 잠기고 모래는 덮여 사방 구분이 안 된다.
> 하늘 가득 흰 해오라기 날아서 내려오는 것 같고
> 태양을 번쩍 들어올린 푸른 용 성내어 부딪히려는 듯.
> 장사의 위엄이 서성대는 듯하고
> 시인의 생각은 있는 듯 없는 듯.
> 천지가 참된 원기를 한번 토해내니
> 평생 막혀 있던 내 가슴속을 씻어주누나.*
> _「조(潮)」, 『영해집』

* 風驅電馳千里騁, 艸沉沙被四方同, 滿天白鷺飛如下, 掀日蒼龍怒欲衝, 壯士威稜來迭際, 詩人意思有無中, 乾坤一瀉眞元氣, 洗我平生芥滯胸.

위의 시는 서파가 전라도 해남으로 유배되었던 젊은 시절에 밀물을 소재로 하여 쓴 작품이다. 실제로 밀물은 쳐다보고 있으면 거의 느끼지 못하다가 어느 순간 물이 가득 차오른 것을 감지하게 된다. 그러나 위의 작품에서 묘사한 밀물은 실로 대단하다. 수련에서 폭풍이 불 듯, 번개가 치듯 갑작스럽게 저 멀리서부터 밀려와 백사장과 숲을 한순간에 뒤덮어버렸다고 하였다. 마치 거대한 해일이 갑작스럽게 해안으로 밀어닥치는 것과 같은 역동성을 느낄 수 있다. 용인에서 태어나 서울 이외의 지역을 다닌 경험이 전혀 없던 작자가 처음으로 밀물을 목도하고 받은 충격이 그만큼 컸음을 내포하고 있다고 하겠다.

함련에서는 수련의 기세를 더욱 높게 이었다. 바닷물이 용솟음쳐 하늘 높이 날아가는 해오라기가 마치 바다로 내려오는 듯하고, 바닷물이 푸른 용처럼 솟구쳐 붉은 태양에 부딪히려는 것과 같다고 묘사한 데서 그 기세를 느낄 수 있다. 이러한 자연의 거대한 기세에 눌려 시인은 아무런 생각도 할 수 없으며 천지가 원기를 토해내어 유배온 자신의 울적한 심사를 깨끗이 씻어준다고 결론지었다. 바람이 몰아치고 번개가 치듯 빠르게 밀려온다고 묘사한 부분과 '건곤(乾坤)', '흔일(掀日)' 등의 시어를 통하여 기세가 크면서도 시원스러운 미감을 느낄 수 있다.

그런데 위의 시는 이전 시대 해동강서시파의 일원으로 서파와 비슷한 시풍을 보여주는 황정욱(黃廷彧)의 대표작 가운데 하

나인 「영매(詠海)」라는 시와 유사하다.* 강서시파의 시풍을 따르면
서도 호방한 시풍을 추구한 두 시인의 시를 비교하여 해동강서시
파의 시풍과 서파 시풍의 변별성을 고찰해보자.

> 시선이 동으로 거두어진 곳에 푸른 바다 다가오니,
> 망망한 큰 바다가 누정에서 보이네.
> 음과 양의 기운 높고 낮더니 수레가 구르고,
> 태극이 홍몽하여 수은솥이 열렸구나.
> 패궐과 구슬 궁전이 비스듬히 보이고
> 풍이와 하백은 바람과 우레를 보내는구나.
> 때가 위험하여 칼과 갑옷이 이와 같으니
> 누가 푸른 물결 끌어다가 씻을 수 있으랴?**
> _ 황정욱, 「영해(詠海)」, 『지천집(芝川集)』 2권***

서파의 시는 밀물을 소재로 하여 쓴 것이지만 바다의 역동
성을 읊었다는 면에서 황정욱의 위의 시와 소재가 같다고 할 수 있

---

* 　서파가 우리나라의 훌륭한 시인을 선발한 '십철(十哲)'에 황정욱도 포함된다.
이종묵은 『해동강서시파연구(海東江西詩派研究)』에서 황정욱의 시풍을 "불우한 처지
에서 나온 기일(奇逸)과 웅장(雄壯)의 미학"으로 정의하였다.

** 　目力東收碧海來, 茫茫溟渤在亭臺, 二儀高下輪輿轉, 太極鴻濛永鼎開, 貝闕珠宮
生睇眄, 馮夷河伯送風雷, 時危兵甲猶如許, 誰挽滄波洗得回.

*** 이 시의 번역과 해석은 이종묵의 앞의 책(347~352쪽)에 자세히 수록되어 있다.

다. 두 작품은 먼저 시상의 전개에서 공통점을 지닌다. 즉 전반부 네 구에서는 바다의 역동적인 모습을 호방하게 묘사하였고, 다음으로 상상력을 동원하여 바다라는 경물을 추상화하였다. 바다의 호탕한 성질을 끌어와 자신의 불우한 현실을 씻어주기를 기대하는 것으로 마무리한 것도 유사하다. 다만 황정욱의 시가 서파의 시에 비해 좀더 스케일이 큰 시어를 구사하였다는 점과 많은 전고를 활용하였다는 점에서 차이가 난다. 이러한 차이는 서파가 강서시파의 작법적인 면을 배우려고 하기보다는 그들의 진지한 창작 자세와 태도를 더욱 본받고자 했음을 보여준다 하겠다.

박연폭포 보기 전에는 마음속으로 상상만 했었는데
와서 보니 어느새 박연폭포가 눈 속에 있네.
기이하도다! 천지 사이에는 모든 것이 갖춰져 있는데
때마침 내가 원하던 명승지에 있다니.
천마산의 수많은 물줄기가
합쳐 흐르고 흘러 한 골짜기로 내려오더니
깎아지른 바위 절벽이 그 아래에 있어
만고의 기이한 변화가 치달림 속에 생겨나네.
커다란 형상이건만 아찔하여 마땅한 비유가 떠오르지 않지만
천 길 절구가 만곡의 곡식을 찧는 듯하네.
오왕은 문밖에 필마를 매어두고

진제는 대궐에서 연성을 갈아버리네.

하늘의 여러 별이 함께 떨어져 나란히 쏟아지고

만기의 기병이 휘달려 징과 북소리 울려퍼지네.

교룡과 악어도 감히 이곳에 살 수가 없으니

도깨비와 귀신은 감히 형체를 드러내지 않는다네.

얼핏 듣고 보았는데도 귀 멍멍하고 눈 흐릿하니

천둥이 성내듯 치고 흰 무지개가 꿰뚫듯 서려 있네.

자세히 듣고 자세히 보아야 잘 들리고 선명하니

비바람 몰아쳐 안개와 눈발이 흩어진다.

자세히 보는 것과 대충 보는 것이 어떻게 다른가

위에는 돌에 기대어 있지만 아래로는 공중에 매달려 있다네.

기대어 있는 곳은 수정 기둥처럼 펼쳐 있고

드리운 곳은 말갈기 헝클어진 듯 흩어진다네.

그대에게 묻노니 이것의 오묘함을 아는가

연못이 하늘보다 위에 있는 쾌괘(夬卦)의 이치를.

땅의 형세 평평하지 않아 부딪쳐 큰 소리 내지만

실상은 흐르는 물도 또한 잔잔한 물이라네.

세상사람들이여 모름지기 나의 시를 읽게나

비록 박연폭포에 직접 와봐도 이 시만 못하리.*

_「박연폭포가(朴淵瀑布歌)」, 『비옹집』

위의 작품은 박연폭포를 보고 쓴 작품이다. 이 작품에 대하여 조중진(趙重鎭)은 "범사정에 있는 여러 현판의 시들을 누를 만큼 기력이 세다[于郊日大篇氣力加壓泛傞亭諸板]"고 평을 달았다. 박연폭포를 읊은 수많은 작품을 압도할 정도로 기세가 높다는 평가다. 서파는 박연폭포를 읊은 다른 시의 경련에서 "깊은 봄 술기운에 호탕하고 상쾌함 많아지는데도, 종일 시 지으려는 생각이 일시에 적막해진다네[深春酒氣多豪爽, 永日詩情一寂寥]"라고 읊었는데, 오경유(吳敬由)는 "이 구절은 정말로 폭포 아래에서 드는 생각이다[五六眞瀑布下情思]"라 평하였다. 화창한 봄날에 술까지 걸쳐 호방한 기운이 평소보다 훨씬 강하지만 박연폭포의 웅장한 모습에 질려 어떠한 시상도 떠오르지 않는 것이 시인들의 똑같은 느낌이라는 의미이다. 그러나 서파는 위 작품에서 박연폭포의 웅장함을 장엄한 화면에 생동감 넘치게 묘사함으로써 더 큰 호방함으로 극복하였다. 천 길이나 되는 절구가 만곡의 곡식을 찧는 것 같다는 표현, 만기의 기병이 북과 징을 치며 내달리는 것 같다는 표현 등에서 호방한 기력을 느낄 수 있다. 박연폭포를 직접 보는 것보다 자신의 이 시를 읽

* 未見朴淵在胸中, 旣見朴淵在眼中, 異哉覆載無不有, 名區適與我願同, 天磨山中百泉水, 合流流出一谷口, 截立石壁承其下, 萬古奇變生奔走, 大象滉惚無可喩, 千丈杵搗萬斛臼, 吳王門外掛匹馬, 秦帝殿上碎連城, 衆星迸落列缺瀉, 萬騎騰馳鉦鼓鳴, 蛟龍黿鼉不敢宅, 魑魅魍魎不敢形, 粗聽粗看聾且眩, 雷霆怒鬪白虹貫, 細聽細看聰且明, 風雨颯沓霧雪散, 如何細得異粗得, 上倚石面下垂空, 倚處專如水晶柱, 垂處散如驦驦髮, 問君所以知此玅, 澤上於天有夬理, 地勢不平激之鳴, 其實流水亦止水, 世人須讀農夫詩, 縱到朴淵不過是.

는 것이 더 낫다는 구절에서는 작자의 호방함을 넘어 오만함까지 느껴진다.

결말에서는 『주역』의 괘로서 박연폭포가 웅장한 이유를 풀이하였는데, 박연폭포를 읊은 기존의 작품들에서 찾을 수 없는 참신함이 돋보인다. "연못이 하늘위에 있다[澤上於天]"는 '쾌괘(夬卦, ☱)'를 인용하여 물 자체는 잔잔한 품성을 지니고 있지만 처한 상황이 평상시와 다르기에 이처럼 엄청난 위력을 발휘한다고 본 것이다. 하늘이 위에 있고 연못이 땅에 있어야 정상인데 그 반대의 상황인 것은 좀더 넓게 생각해보면 소인배들이 정치권에 득세하는 잘못된 당시 정치 상황을 풍자하는 뜻도 암시한다고 하겠다.

이 밖에 "큰 술잔 들고 옛 노래 부르고자 하니, 영중에서 화답함은 그대들에게 달려 있소[欲引大杯歌舊曲, 郢中相和屬君曹]"(「설야득고자(雪夜得高字)」의 미련, 『비옹집』)라는 구절에서는 양춘(陽春)과 백설(白雪) 같은 고상한 곡조를 부르니 영중(郢中)에서 화답한 자가 수십 명뿐이었다고 하는 송옥(宋玉)의 고사를 끌어와 자신감과 호기를 드러내었고, 폭포에서 오륙 리 떨어진 곳까지 물방울이 튄다고 하여 박연폭포의 웅장한 모습을 묘사한 구절은 조중진이 지나치다고 평을 했을 정도로 기세가 높다. 태화산의 높고 넓은 모습을 묘사한 "깎아지른 절벽 하늘에 펼쳐진 것이 삼십 리, 멀리 땅에서 솟은 산 천만 겹"*(「등태화산」의 수련, 『관청농부집』)과 "천년이 아침저녁과 같고, 천지 사방은 집안 뜰만 하다네"**(「효향산체삼수」세

166

번째 작품의 경련, 『관청농부집』), "명영은 오백 년을 춘추로 삼을 정도로 크고, 도삭산은 삼천 년에 한 번 꽃을 피울 정도로 세월이 더디다"***(「요화랍월십구종형범옹회갑석상운(遙和臘月十九從兄凡翁回甲席上韻)」의 두 번째 작품 함련, 『행수단집』), "공명은 만촉의 병장기 앞의 물건이요, 세월은 매우 작은 곤충의 눈 속 광채라"****(「원일차운내가사수(元日次韻耐可四首)」의 세 번째 작품의 수련, 『취변당집』) 등의 구절은 시공을 확장 또는 축소하거나 호방하고 거대한 느낌을 주는 시어를 활용하여 호방함을 표출한 구절이라 할 수 있겠다.

4) 다양한 형식의 모색과 희학적 시세계

서파가 근체 율시에서 지극히 일상적이고 평범한 것들을 소재로 삼고, 우아하고 세련된 수사법보다는 통속적이고 정감이 넘치는 비유를 활용하였음을 앞에서 살펴보았다. 이와는 성격이 다르긴 하지만 아래의 인용 구절에서도 일반적인 근체시와는 조금 다른 어감을 느낄 수 있다.

*   絶壁參天三十里, 遙山拔地萬千重.

**   千載若朝夕, 八荒同戶庭.

*** 冥靈五百春秋大, 度索三千月日遲.

**** 功名蠻觸兵前物, 歲月蜘蛛眼內光.

167

살구꽃, 복숭아꽃, 눈을 지나가는 꽃

신록이 넓은 모래사장 마구 덮은 것을 이미 보았다.*

_「강사제인래회념운로두(講社諸人來會拈韻老杜)」의 수련,『행수단집』

날마다 날이 지나감은 어찌 그리 빠른지

사람마다 사람의 일은 각각 어긋난다.**

_「경배(傾杯)」의 경련,『역명집』

산에 올라 한번 울어도 누가 능히 알리오

사람의 자식, 아우, 남편, 벗됨이 부끄러워 그러한 것임

을.***

_「모산설중(茅山雪中)」의 전구와 결구,『비옹집』

앞의 두 구절에서는 근체시에서 꺼리는 구법 가운데 하나
인 동일한 글자나 동일한 자음을 반복적으로 사용하여 리듬감을
살리는 효과를 노렸고, 마지막 구절에서는 대등한 의미를 지닌 시
어를 나열하여 작자의 격한 감정을 표출하는 효과를 거두었다. 이
는 정형화된 근체시의 격식을 파괴하지 않는 선에서 새로움을 추

---

* 　杏花桃花過眼花, 已看蕉綠被平沙.

** 　日日日行何歘忽, 人人人事各蹉跎.

*** 　一哭登臨誰能識, 愧爲人子弟夫朋.

구한 결과라 생각된다.

　이밖에『문통』에는 다양한 형식의 이체시(異體詩)가 존재한다. 일반적으로 시인들은 이체시를 습작과 여기(餘技)로 간주하여 문집을 편찬할 때 빼버리거나 별도의 부록으로 처리하는 게 통상적이다.『문통』이 정리가 되지 않은 초고본이기에 이체시들이 다수 남아 있는 것인지도 모르지만 그렇다고 무시할 수는 없다. 사의식을 바탕으로 사회 현실을 냉철하게 비판하는 근엄한 의식에서 벗어나 정신적 긴장을 풀어주는 효과도 있으면서 동시에 그의 시적 능력과 풍부한 지식을 보여주기 때문이다.

　먼저 그의 이체시를 개괄하면 아래와 같다.

　　「회문(回文)」(『순유육집』),「사금언(四禽言)」4수(『순유육집』),「약명옥련환(藥名玉連環)」(『순유육집』),「괘명운회광릉제우(卦名韻懷廣陵諸友)」(『영해집』),「희작오칠언(戲作五七言)」(『래귀집』),「약명시(藥名詩)」(『단구처사집』),「장삼체(藏三體)」(『래귀집』),「각종가색명시(各種稼穡名詩)」(『일전단집』),「화강다각색면명시(和絳茶各色綿名詩)」(『일전단집』),「효자일지십체부고우(效自一至十體賦苦雨)」(『일전단집』),「박시랑장종정부자일지십체요화지위작일편(朴侍郎丈宗正賦自一至十體要和之爲作一篇)」(『역명집』),「이합시효약천체(離合詩效藥泉體)」(『역명집』)

위의 시 가운데 회문시(回文詩), 금언체(禽言體), 오칠언체(五七言體), 보탑시(寶塔詩), 약명시(藥名詩), 이합시(離合詩)는 다른 시인들의 문집에서도 볼 수 있기에 여기에서 논의는 생략한다. 다만 서파가 당나라 의학자로 평생을 의학 연구에 매진하여 『천금요방(千金要方)』등 의학서를 저술한 손사막(孫思邈)에 스스로를 비유하기도 하였고, 「수병(手病)」이라는 산문 작품에서는 자신의 병이 나으면 다시 남의 병을 고치는 데 힘쓰겠다고 한 점으로 미루어 보아 의학 방면에도 뛰어난 식견을 지녔고, 그 식견을 바탕으로 약명시를 지은 것으로 보인다. 나머지 「각종가색명시(各種稼穡名詩)」, 「화강다각색면명시(和絳茶各色綿名詩)」는 다른 시인들의 문집에서 볼 수 없는 작품이기에 여기서 몇 구절만 살펴보겠다.

먼저 「화강다각색면명시」는 이조묵이 보낸 시에 화답한 시로, 각종 섬유와 그 색깔을 시어로 활용하여 13연으로 완성한 칠언시이다. 이 중 가운데 두 연만 제시하면 아래와 같다.

맑은 하늘 높은 누대에서 춤추고 크게 노래 부르는데
달빛이 그대로 쏟아지니 한밤중에도 모래사장이 보인다.
훌륭한 선비건만 지략이 얕아 남에게 양보만 할 뿐
가을 구름 속 변방의 기러기는 항상 떼 지어 날아간다.*

＊　 天晴臺端舞大笑, 月華光直夜見沙, 佳士謀短直讓彼, 陣鴻秋雲恒週羅.

맑은 가을 달밤 커다란 누대에서 시주(詩酒)를 즐기는 작자, 다른 사람보다 시적 재능이 떨어져 의기소침해 있는데 저 멀리 기러기는 유유하게 날아가고 있는 광경을 묘사한 시이다. 시상의 전개와 서술에 있어 어색한 면이 없진 않지만 글자 수와 운자를 지키는 등 시의 체제는 따르고 있다. 이 시는 인용한 28글자가 모두 섬유의 이름이나 색깔과 관련이 있으니 정리하면 다음과 같다.

천청대단(天晴臺端): 天靑色大緞(하늘색 중국 비단)

무대소(舞大笑): 無大小襪(고무줄이 있어 줄었다 늘어났다 하는 버선)

월화광직(月華光直): 月華色廣織(복숭아빛이 나는 광동성에서 생산된 직물)

야견사(夜見沙): 野繭絲(멧누에의 고치로 켠 실)

가사(佳士): 假紗(스님의 옷)

모단(謀短): 毛緞(중국에서 수입된 비단)

직양피(直讓彼): 織羊皮(양가죽으로 짠 직물)

진홍추운(陣鴻秋雲): 眞紅色秋雲緞(진홍색 구름무늬 비단)

항주라(恒週羅): 杭州羅(중국 항주에서 수입된 비단)

「각종가색명시(各種稼穡名詩)」역시 각종 농산물의 이름을 차용하여 아홉 연으로 완성한 칠언시다. 이 중 앞의 두 연은 아래와 같다.

> 책을 보고 지난 옛일 귀감 삼으며,
> 소박한 나의 집 걱정하지 않는다네.
> 어떤 곳의 썩은 풀을 베고 개간할지 헤매지만
> 여기에서 큰 이득 얻지 못할까 근심하지 않는다네.*

초라한 집에 황무지를 개간하여 먹고 살 정도의 곡식만 거두며 그 속에서 학문을 연마하는 작자의 담박한 생활을 읊은 시이다. 여기서는 각종 농산물의 이름을 음차하여 읊었으니 정리하면 아래와 같다.

편두(篇頭): 변두콩, 감저(鑑這): 감자, 왕고사(往古事): 왕골, 부우(不憂): 부루(상추), 아옥(我屋): 아욱, 담박의(淡泊意): 담배, 참개(斬開): 참깨, 부초(腐草): 부추, 미나리(迷那裡): 미나리, 무수(無愁): 무우, 배차(排此): 배추, 장대리(長大利): 장다리(무우나 배추 따위의 꽃줄기)

이상 살펴본 두 편의 시는 작자의 주석이 없으면 도저히 알

---

* 篇頭鑑這往古事, 不憂我屋淡泊意, 斬開腐草迷那裡, 無愁排此長大利.

아볼 수 없는, 다분히 언어유희로 쓴 희작(戱作)이다. 「화강다각색면명시(和絳茶各色綿名詩)」 마지막 연 "온갖 여자들의 색을 차용하여 시어를 삼으니, 듣는 것은 쉬워도 화답하는 것은 어렵다네"**와 「각종가색명시(各種稼穡名詩)」 마지막 연 "얼마간의 농산물을 모아 시어를 만드니, 글은 너무 이해하기 어렵고 말은 너무 저속하네"***라는 본인의 고백에서도 알 수 있듯이 이런 부류의 시를 짓는 것의 어려움뿐만 아니라 저속함도 인정하였다.

이와 같은 이체시는 화답과 차운이라는 형태가 많은 점으로 미루어 보아 시회(詩會)에서 유흥으로 지은 것으로 보인다. 서파는 정해진 격식은 따르되 그 속에서 언어유희를 즐기면서 긴장의 연속인 삶과 암울한 정서를 다소간 풀어줄 수 있는 여유를 즐긴 것이라고 볼 수 있겠다.

이체시와 더불어 또 하나 주목할 것은 희학적(戱謔的) 경향이다. 조선 후기 문학사의 한 양상으로 임형택이 '희작화(戱作化)'를 주목한 이래**** 서파와 동시대에 활동했던 시인들의 희작 한시에 대한 연구물들이 속속 학계에 보고되고 있다. 기본적으로 이들은 김삿갓처럼 아예 한시의 전통을 해체하는 정도에까지 나아가

** 各色女紅借成語, 聽之容易和之難.

*** 多少稼穡集成句, 文太聱牙語太俚.

**** 임형택, 「조선말 지식인의 분화와 문학의 희작화 경향-金笠연구서설」, 『전환기의 동아시아 문학』(창작과 비평사, 1985).

지 않고 한시의 기본적인 틀을 유지하면서도 그 속에서 새로움을 추구하였다는 공통점을 지닌다. 또한 이들은 모두 소동파의 문학을 애호하여 그의 시 정신을 계승하고자 하였다는 점도 공통된 사항이다.* 앞에서 살펴본 것처럼 일상생활에서의 자잘한 소재를 시의 제재로 삼는다거나, 울분을 직접적으로 표출하지 않고 냉소적인 풍자로 세태를 비판하는 방식 및 본 장에서 언급할 해학적 성격의 시가 모두 소동파의 영향과 일정 정도 관련성을 가진다. 그러나 서파의 희작시는 똑같은 학자이면서도 감정보다는 이성의 힘에 의해 명철하면서도 쾌활한 지성의 면모를 보여주는 추사의 작품 경향과는 사뭇 다르다.

동방이 밝은 건지 아닌지
달은 하늘 가운데 떠 있네.
달이 밝으면 대낮처럼 온 세상을 비춰주지만
진짜 새벽처럼 빛을 내기는 어려운 법.
사람들이 새벽이라고 하여 외출한다면
결국 호랑이와 이리를 만날 테고
옷을 새벽이라 하여 밖에다 말린다면

*   소동파가 희학적인 시를 즐겨 지었다는 점은 동시대 비평가인 채조(蔡絛)의 『서청시화(西淸詩話)』에 "東坡·公詩 … 時雜滑稽 故罕逢蘊藉"라는 기록에서도 알 수 있다.

이슬에 젖어 물방울이 뚝뚝.

말이 새벽이라고 하여 울어대지만

누가 너에게 여물을 줄 것이며

닭이 새벽이라 하여 울어댄다면

모두 이 닭이 미쳤다고 말하겠지.

부엉이, 올빼미, 박쥐가

새벽이라 하여 바쁘게 허둥대다가

조금 지나 달빛임을 알고는

안도하며 하늘가로 날아간다네.

노인네 눈이 어두우니 어찌 분간하겠는가

해와 달의 덕을 내 상세하게 알려주리라.

달빛은 단지 비추는 곳만 밝게 하지만

아침과 낮은 방과 마루라고 다르지 않다오.**

_「**미구이복형장월야의효욕기위작시지지**(彌舅李復亨丈月夜疑曉欲起爲作詩

止之)」,『**알음집**』

제목에 '희(戱)'나 '학(謔)' 등의 글자는 쓰지 않았지만 제목

**   東方白不白, 月在天中央, 月明如晝管一世, 縱使眞曉難爲光, 人謂曉而出, 果然
遭虎狼, 衣謂曉而曝, 濕露漬瀼瀼, 馬謂曉而嘶, 誰飼汝其糠, 雞謂曉而鳴, 僉曰此雞狂,
鵂鶹與蝙蝠, 謂曉而蒼黃, 少頃知是月, 得意天際翔, 翁老眼昏何能辨, 日月之德吾請
詳, 夜光只得照處明, 朝晝不殊室與堂.

과 내용이 모두 해학적인 작품이다. 잠이 없는 노인이 달빛이 환하자 한밤중임에도 불구하고 새벽인 줄 착각하여 부산을 떠는 것을 해학적으로 서술한 시이다. 남정네들이 외출하다가 짐승으로부터 해를 당할 수 있고, 아낙네들이 빨래를 널면 도리어 이슬에 젖으며, 말이 아무리 울어대도 여물을 주지 않고, 닭이 울어대면 정신 나간 닭으로 치부되고, 야행성 동물인 올빼미와 박쥐가 날이 밝은 줄 알고 허둥대며 둥지로 돌아가다가 상황을 인식하고 여유를 찾는다는 것을 예로 들었는데, 읽으면서 절로 웃음이 나온다. 마지막에 노인을 위하여 달빛과 햇빛이 다른 점을 친절하게 설명해주는데 그것마저도 심오한 이치를 담고 있는 것이 아니다. 전체적으로 친근한 내용을 적절한 비유를 통해 잘 서술한 작품이다.

모기 새끼들 제철을 만나
날카로운 부리로 떼를 지어 다니다가
소를 보자 마르고 병들었다 업신여겨
다투어 피를 빠느라 상처까지 생겨났네.
고통 참으며 꼬리 흔들어 쫓아보지만
쫓으면 쫓을수록 더욱 날뛰네.
소의 몸은 단지 크기만 할 뿐
모기 막을 힘도 없구려.
"모기야 너무 심하게 물지는 말아라

너와는 예전부터 원한이 없었잖니."*

_「문우도(蚊牛圖)」, 『비옹집』

위의 작품은 모기와 소를 등장시킨 우화시(寓話詩)이다. 어느 화창한 여름날 한가롭게 풀밭에서 풀을 뜯고 있는 소를 그린 그림을 보고 지은 시이다. 아마 그림에는 풀을 뜯고 있는 소가 그려져 있을 것이고, 그 옆에 조그맣게 모기가 붙어 있을 것이다. 이 그림을 보고 작자의 상상력을 동원하여 써 나간 것이다. 모기와는 비교도 되지 않는 큰 몸통을 가진 소가 달려드는 모기 떼를 어찌하지 못하고 쩔쩔매는 광경 자체가 우스꽝스러운데, 결말 부분에서 소가 모기에게 당부하는 내용의 독백으로 마무리하여 독자로 하여금 참았던 웃음을 터뜨리게 하는 효과를 얻었다.

위에서 살펴본 두 작품이 가벼운 소재를 바탕으로 위트를 느끼게 한다면 다음에 살펴볼 작품은 성격을 달리한다.

허리가 가느다란 어떤 생물이 물고기에게 묻기를
"너희 자식은 억만 마리로 강물마다 가득한데
슬프게도 나와 같은 것은 본래 외롭게도 혼자구나.

---

* 蚊子乘天時, 利嘴自成群, 遇牛欺羸病, 爭咬血成痕, 忍苦揮尾驅, 愈驅愈紛紛, 牛身徒許大, 無力可制蚊, 願蚊莫甚咬, 與爾曾無冤.

낳지 않는 것이 아니라 애초부터 잉태도 못하니

하늘이 자식을 내려줌은 균등해야 하거늘

어찌 사사롭게 하거나 거스르게 하여 노래하고 곡하게 하

는지."

물고기가 말하길, "무릇 이치란 완비함이 없나니

뿔짐승에게는 이빨을 빼앗고 날짐승은 다리를 없앴죠.

단지 자식 없음만 알고 길게 스스로 슬퍼하지만

자식 있는 것이 모두 복이 아님을 살피지 않는군요.

병아리를 품고 있는 닭은 힘을 생각하지 않고 이리를 공격

하지만

그 병아리가 어찌 낳아주고 길러준 은혜를 갚을 수 있겠소.

살모사는 자신의 몸을 없애야 자식이 비로소 태어나고

거미는 먹고 살기 위해 자기 어미를 해치지요.

유독 까마귀만이 반포지효를 알고 있다지만

큰 은혜와 비교하면 오히려 다 갚은 것이 아니지요.

그 나머지 온갖 동물들도

자신을 해쳐서 잉태하고 새끼를 먹이지 않는 것이 없소.

저 원숭이의 애간장 끊어짐이 가련하고

저 소가 송아지 사랑하여 핥아주는 것이 우습군요.

내 아들 내 손자 여기저기 흩어져 있지만

이 몸 굶주려 괴로워해도 누가 거들떠보리오.

상서로운 기린이 한번 나와 후세를 놀라게 한다 해도

내 이름은 후손을 두었다는 것 때문에 남지 않지요.

그대는 젖을 먹이지 않아도 되니 누가 될 게 없는데

무슨 일로 끙끙대며 다른 종족을 부러워하시오.

또 생물이 운명을 받음은 각각 정해진 게 있으니

반드시 끌고 와서 차고 빈 것을 비교할 필요는 없소.

한번 보시오 수양버들 제멋대로 드리워져 있지만

긴 가지 짧은 가지 모두 본래 하나의 나무인 것을."*

━ 「사자병중탄무자 파자추즐 여년역삼십 기이리견차시자씨(四姊病中歎無子 顔自啾喞 余年亦三十 旣以理遣且示姊氏)」, 『알음집』

위의 시는 자식도 없이 몇 년 동안 병석에서 지내는 넷째 누이를 위로하며 쓴 작품이다. 넷째 누이는 젊은 시절 서파와 함께 공부하였던 이재녕(李在寧)에게 출가하였다. 원래부터 병약하여 오래도록 앓았지만 서파와 매우 친밀한 사이였던 것으로 보인다. 전통사회에서 후사를 이을 자식이 없다는 것은 적지 않은 걱정거리

---

* 　有物細腰問鱗屬, 爾子億萬滿川濱, 哀我之類本孤單, 非徒不産初不腹, 上天賦子均一視, 何私何忤殊歌哭, 鱗日夫理無完備, 角奪其齒翼殺足, 但知無子長自悲, 未省有子皆是福, 伏雞搏狸不量力, 厥雛寧能報生育, 蝦螺滅身子始出, 蜘蛛恣口母爲戮, 獨有烏兒解反哺, 若比大恩猶未復, 其餘生生多少種, 罔不孕鬻以自毒, 可哀彼猿痛斷腸, 可笑彼牛愛舐犢, 我子我孫散遠近, 一身苦飢誰存錄, 瑞麟一出驚後世, 此名非由傳骨肉, 爾旣不乳可無累, 何事勞勞負他族, 且物受命各有定, 不必援引較盈縮, 須看楊柳不齊垂, 長枝短枝本一木.

인데, 이 무거운 주제를 풀어나간 솜씨가 예사롭지 않다. 먼저 버드나무와 물고기의 대화체로 전편을 엮어 나간 일종의 우화시란 점에 주목하게 된다. 이 작품에서 작자는 그 어떤 가치 판단을 유보하고 단지 버드나무와 물고기의 대화를 기록하는 것에서 그친다. 이로써 직설적으로 서술하는 것보다 더욱 진솔하면서도 애틋한 당부의 뜻을 돋보이게 하였다. 또한 누이가 잉태를 하지 못함을 착안하여 '세요(細腰)'라고 표현한 점, 류씨 집안이기에 버드나무[柳]의 축축 늘어진 가지를 통해 누이에게는 자식이 없어도 다른 가족이 있기에 후사 걱정은 하지 말라는 것을 암시한 면에서도 치밀한 안배를 느낄 수 있다. 모친인 사주당의 뜻에 따라 서파의 누이들도 모두 어려서부터 학문을 배웠기에 이 정도의 한시는 모두 이해하였을 것이다. 이전의 두 작품이 깔깔거리는 큰 웃음을 자아내게 한다면 이 작품은 남매간의 우애를 느껴 빙그레 미소짓게 한다고 하겠다.

5 결론
— 19세기 조선 시단에서 서파 한시의 의의와 위상

    18세기 후반부터 19세기 초반을 살다 간 서파는 교유하였던 몇몇 인물들에게 학문적 성취를 인정받긴 하였지만 당시 사회에서는 자신의 가치를 전혀 인정받지 못하였다. 주류층에 단 한 번도 끼인 적이 없는, 말 그대로 철저히 소외받은 인물이었던 것이다. 그러나 그는 자신의 삶과 학문 열정을 적극적으로 시로 형상화하였기에, 그의 시를 읽다 보면 그의 울분과 회한을 함께 느낄 수 있다. 자신의 주변에 있는 대상들을 소재로 하여 쓴 시에서는 그의 따뜻한 마음을 느낄 수 있는 반면에, 당시 정치 구조와 사회 세태를 비판한 시에서는 부조리와 문제점을 바로 잡고자 하는 적극적인 우국애민 의식을 엿볼 수 있다. 이와 같이 조선 후기 소외된 지식인의 삶을 시로써 구현해내었다는 점에서 일단 서파의 한시가 지니는 작은 의의를 찾을 수 있을 것이다.

본격적으로 19세기 한시사에서 서파의 한시가 지니는 의의를 고찰해보자.

19세기 조선의 한시사는 아직까지 정리가 되지 못하여 그 실상을 구체적으로 파악할 수 없는 상태이다. 미약하나마 서파가 활동하였던 19세기 전반기의 한문학에서 지금까지 연구자들의 주된 관심을 받은 부류는 크게 네 가지로 요약된다.

첫 번째로 당시 집권 계층이었던 홍석주(洪奭周)와 김매순(金邁淳)이 중심이 된 노론 벌열 계층의 보수적 문학관을 들 수 있다. 이들은 기본적으로 주자학적 질서 체계가 와해되어가는 당시 사회를 문학을 통해 다시 되돌리고자 하였다. 주자학의 권위를 흔드는 고증학을 비판하면서도 주자학의 폐단을 인정하였고, 그것을 보완하고자 하는 절충적인 입장을 견지하면서 문학에서는 고문(古文)으로의 복귀를 주장한 부류라고 하겠다.

두 번째로 정약용(丁若鏞)과 이학규(李學逵) 등 실학파 지식인들의 문학 경향이다. 이들은 현실의 문제점과 모순 및 그 속에서 고통받는 민중들의 질곡을 이전보다 더욱 격한 어조로 드러내어 현실주의 문학의 지평을 확대시켰다.

세 번째로 신위(申緯)와 김정희(金正喜) 등 전문적인 문인들의 시적 경향이다. 이들은 전문적인 문인임을 자처하며 고급화를 지향하여 우아한 미의식을 드러내었다.

　　마지막으로 조수삼(趙秀三)을 위시한 중인계층의 문학이다. 이들은 성령론(性靈論)을 내세워 신분차별에 대한 그들의 불편한 마음을 시로 표출하였다.

　　여타 문화사와 마찬가지로 한시의 흐름도 앞 시대와 단절되어 독자적으로 출현했다고 볼 수는 없다. 따라서 19세기 한시는 기본적으로 18세기 한시사의 연장선상에서 파악하되, 그 안에서 이전 시대와 다른 특징적인 양상을 도출해야 할 것이다. 주지하듯이 18세기 조선 시단의 트렌드는 기존의 것을 버리고 새로움을 추구하는 것이었다. 김창흡, 이병연 등 노론 계열 문인들이 주로 활동하였던 백악시단(白岳詩壇), 안산을 중심으로 활동한 남인(南人)과 소북(小北) 문인들, 서얼 계층 지식인들과 노론 계열 지식인이 주축이 된 백탑시파(白塔詩派) 등 지역과 출신 성분은 다르지만 그들이 공통적으로 추구하고자 하였던 것은 참신함과 개성이라고 할 수 있다. 따라서 이전 시대의 격식과 규범으로부터 탈피하고 변화를 추구하여 '새롭게 만들기', '낯설게 만들기'가 당시 시인들의 주된 관심사였다. 여기에다 명말청초의 선진적이고 자유로운 사상과 문학의 유입은 시인들의 혁신적 문학 활동에 큰 자극을 주었다.*

---

　　*　　안대회, 『18세기 한국한시사 연구』(소명출판, 1999) 참조.

그러나 인류의 모든 역사가 그러하듯 정점을 지나면 그 속에 내재된 문제점들이 하나둘 드러나기 시작한다. 두터운 작가층으로 다양한 개성이 발휘되어 생동감이 넘치던 18세기 한시도 시간이 흐르면서 폐단을 노출하기 시작한 것이다. 개성과 참신함을 추구하다 기괴함과 험벽함으로 빠져버리거나, 시의 주제나 내용보다는 수사법과 대우(對偶), 즉 겉모습만 중시하게 된 풍조가 바로 이것이다.

말세적 폐단을 노출하기 시작하던 19세기 조신 시단에서 서파가 어떠한 의식을 지녔는지와 그가 차지하는 시단에서의 위치는 어떠한지를 살펴보는 것으로 결론을 삼겠다.

먼저 서파의 시적 경향이 당시 시단의 흐름에서 벗어나 있어 동시대인들에게 별다른 호응을 받지 못하였음은 다음 인용문을 통해 알 수 있다.

> 장지(章之) 조종진(趙琮鎭)은 사람됨이 기결차고 고상하며 시 또한 의론(議論)을 숭상하였으나 대체로 당시 사람들이 그것을 알지 못하였다. 한림(翰林) 조석정(曹錫正)이 나에게 "조장지는 자못 문장을 짓는 데는 넉넉하지만 시에는 병통이 있습니다"라 하였다. 내가 웃으며 "잘못된 사람들의 풍속이 완전히 치달아 세상의 관문을 걸어버려 문장도 아직 순아하지 못합니다. 어찌 그대들이 숭상하는 것과 비슷하겠

습니까?"라 하였다. 조석정이 그러한 견해에 수긍하였으나
내 말을 좋아하지 않았다.*

_『문견수록』

　위의 인용문은 조종진의 산문은 인정하면서도 그의 시는
문제가 있다고 여긴 조석정과의 대화를 기록한 것이다. 조종진은
서파의 묘지명을 쓸 정도로 서파와 친밀하게 교유하였던 인물로,
시풍도 서파와 비슷한 점이 많기에 이는 서파에게도 해당된다고
하겠다.** 서파는 당시 사람들이 조종진의 시를 병통이라 여긴 것
은 그의 시에 의론이 많이 삽입되었기 때문이며, 바로 이 점 때문
에 당시 대부분의 시인이 추구하는 바와 다르다고 본 것이다. 앞에
서 의론을 중시하는 송시(宋詩)를 긍정하고 특히 그 가운데 강서시
파의 시풍을 존숭하였다는 점을 고려하면 이 시기 시단의 흐름은
강서시파의 시풍과는 반대되는 것임을 알 수 있다. 의론을 중시하
는 시론은 서파와 동시대 문장가이면서 노론 벌열 가문이었던 홍
석주의 견해와도 일맥상통한다.

---

*　趙章之琮鎭 爲人奇高 詩亦尙議論 蓋時人不之知也 曹翰林錫正語余曰 章之頗
贍文詞 而詩有病痛 余笑曰 枉人風俗渾趣爲關世 文章未到靜 何似君輩所尙者 錫正服
其見 而不喜其言.

**　조종진은 "유희가 일찍이 내 모든 작품을 좋아하여, 내 위치가 천년 전에 있다
고 보았지[南岳曾嗜我諸作, 視我坐在千載上]"라 읊기도 하였다. (趙琮鎭, 『嗜字詩四首』, 『東海
公遺稿』8책)

185

호응린은 시가 정경(情景)을 주로 하며 절대로 의론을 넣어
서는 안 된다고 말하였다. 이것이 또한 이른바 시를 제대
로 보는 것이라고 하겠는가? 무릇 시는 국풍아송(國風雅頌)
만 한 것이 없다. '하늘이 백성을 내시매 사물이 있고 법칙
이 있네'라는 구절은 학자의 의론이 아닌가? '문왕이 탄식
하며 아! 너 은상아'라는 구절은 사가(史家)의 의론이 아닌
가? 인정을 풍자하고 물태를 다하며 곡진하고 합당한 것이
거의 열에 여덟아홉이다. 초나라의 이소(離騷), 한나라의 사
언시(四言詩) 같은 경우에도 이와 같은 것을 또 어찌 다 헤아
릴 수 있으랴! 두보는 시로써 사(史)를 지었고, 소옹과 주자
는 시로써 학문을 이루었고, 백거이와 소식은 시로써 의론
을 하였다. 비록 정밀한가 거친가 하는 것에는 차이가 있지
만 요체는 모두 세교에 도움이 되는 바가 있다. 저 입을 놀
리고 온 마음을 다해 짧은 시구 사이에서 공교로움을 구하
면서 방탕하게 노닐다 돌아올 줄 알지 못하는 자들은 또한
장차 어디에다 쓰겠는가?*

_ 홍석주(洪奭周), 「제시수후(題詩藪後)」, 『연천전서(淵泉全書)』 20권

* 　胡氏言詩主情景 切不可入議論 是又何嘗覩所謂詩者哉 夫詩莫如國風雅頌 天生
蒸民 有物有則 非學者之議論乎 文王曰咨 咨汝殷商 非史家之議論乎 若其刺人精盡物
態 曲暢而恰當者 殆八九於十矣 卽如楚人之騷 漢人之四言 其若是者 又何可勝數 杜子
美以詩爲史 邵堯夫朱文公 以詩爲學問 白樂天蘇子瞻 以詩爲議論 雖精粗不同 要皆有
裨于世教 彼嗚吻劌心 求工於單辭之間 而不自知其流蕩忘返者 亦將以奚用與.

여기서 홍석주는 『시경』과 두보, 소옹, 주희, 백거이, 소식을 예로 들며 이들이 의론을 위주로 하여 세교(世敎)에 도움이 된다는 점에서는 동일하다고 평하고, 공교로움만을 추구하는 시인들을 극력 비판하였다. 시를 통한 사회교화와 이풍역속(移風易俗)을 강조하였는데, 이 점이 서파와 상통하는 것이다.

그렇다면 서파가 생각한 당시 시단의 문제점은 무엇인지 살펴볼 필요가 있다. 조카인 이완준(李完峻)이 중국을 다녀오면서 지은 책에 써준 「이맹박체명록서(李孟璞滯明錄序)」를 통해 알아보자.

서파는 이 글에서 먼저 요즘 사람들의 글을 보는 것을 참을 수 없다고 언급한 뒤 이완준의 글은 고인들과 같이 문종자순(文從字順)하여 좋다고 칭찬하였다. 그리고 아래와 같이 당시 문인들의 작품 경향에서 가장 문제가 되는 것으로 두 가지를 제시하였다.

요즘 사람들의 글은 스스로는 매우 오묘하다고 여기지만, 내가 최고로 만지기를 싫어하는 것 두 종류가 있다. 곡식의 까끄라기처럼 자잘하거나 바늘처럼 가늘어 단지 손을 찌르는 것에만 족할 뿐 골격을 이루지 못하는 것이 하나이다. 그렇지 않다면 똥이나 좀가루가 잡다하게 엉겨붙은 것처럼 우둔하고 무지한 기운이 사람으로 하여금 머리털을 솟게 만드는 것이 두 번째이다. 지금 이 책은 문종(文從)하여 이미 손을 찌르는 것도 없고, 자순(字順)하기에 또 머리털을 솟게

하지도 않으니, 좋은 글이라는 칭찬은 내가 생각해도 아부
는 아니다.*

먼저 "곡식의 까끄라기처럼 자잘하거나 바늘처럼 가늘어
골격을 이루지 못하는 것"은 글의 주제의식 면을 비판한 것으로 보
인다. 특별한 주제의식 없이 글을 짓거나, 글 속에 담고 있는 내용
과 사상이 별로 중요하지 않은 점을 비판한 것이다. 다음으로 '똥
이나 좀가루가 잡다하게 엉겨붙은 것 같아 우둔한 기운이 머리털
을 솟게 한다는 것'은 글의 수사법 면을 비판한 것으로 보인다. 자
신의 주장을 적절한 비유를 통해 논리적으로 펼쳐가야 하는데 전
혀 관련 없는 것을 나열하여 그것을 읽으면 우둔하고 무지함을 느
껴 머리털이 솟을 정도라는 의미이다.

서파가 위에서 비판한 내용과 반대되는 개념으로 제시한
'문종자순'의 의미를 통하여 좀더 깊은 의미를 살펴보자.

원래 '문종자순'은 한유의 "문종자순각식직(文從字順各識職)"
에서 나온 말로 산문의 작법을 설명할 때 주로 인용되는 용어인데,
글자가 모두 제자리에 놓여 직분을 다하는 가운데 물 흐르듯 자연

---

* 　近人之文字 自以爲絶妙 而僕之宨厭押之者有二種 其或細芒如粟 尖刻如針 祇
足以礙手 而不足以爲骨格一也 不然則糞壤蠹屑雜聚凝合 椎魯之氣令人毛起二也 今
此卷之文從矣 旣無所礙手 字順矣 又不爲毛起 好辭之讚 僕自以爲非阿也.

스러운 형세를 나타내는 것을 의미한다.** 이 구절의 의미는 연구자에 따라 달리 표현하긴 하였지만 글의 주제, 체제에 걸맞는 문사(文辭)라면 아속(雅俗)과 고금(古今)을 떠나서 가장 적합한 글자를 써야 한다는 것과 성현의 글, 즉 육경(六經)에서 자취를 취해야 한다는 것으로 요약된다.*** 서파는 시를 짓는 데 있어 적합한 시어를 구사하기 위해 심사숙고하여야 하며 육경의 가르침을 반영할 수 있는 내용을 담아야 한다고 여긴 것이다. 이는 강서시파의 시풍을 따르고자 하였고 시에서 '의론'을 강조하였던 그의 시풍과 연결된다.

> 요즘 사대부들은 유희를 가장 좋아한다. 글을 서로 빨리 지으며 반드시 말을 거기에 숨긴다. 노름을 책을 산다고 말하고, 창녀를 은군자라 말하고, 돈을 실지라 말한다. 그러한 습관이 입에 배어 깨뜨릴 수도 없다.****
> _『문견수록(聞見隨錄)』

요즘 사람들은 시를 짓는데 모두 벌레, 새, 꽃, 잎을 나열하여 시어를 완성하느라 고생한다. 옹방강의 홍두체를 숭상하

** 　　정민, 『朝鮮 後期 古文論 硏究』(아세아문화사, 1989), 35쪽.
*** 　　박은정, 「朝鮮文論에서 韓愈 古文論 用語의 含意 연구」(『어문논집』 57호, 민족어문학회, 2008).
**** 　近世士大夫最嗜遊戲 其以書相速也 必以廋詞焉 投錢謂之賣書 娼女謂之隱君子 錢謂之實地 習與口成牢 不可破.

는 자는 더욱 경박한 것을 좋아한다. 오직 벗 이양연만이 옛 사실을 널리 끌어모아 당시 습속을 완곡하게 단속하여 명청인의 부화하고 화려한 기색이 전혀 없다.*

_『문견수록(聞見隨錄)』

두 인용문 모두 당시 시단의 문제점을 지적한 것으로, 단순히 언어유희로서의 시 짓기와 자연 경물의 묘사를 통해 미려함을 추구하는 데만 힘을 쏟는 풍조를 비판한 것이다. 이러한 시단의 경향을 서파는 못마땅하게 여겼기에 이 병폐를 치유하기 위하여 강서시파 시인들의 진지한 창작 태도를 찾았고, 고시와 두보의 현실 비판적인 경향에 매료되었다고 할 수 있겠다.

결론적으로 서파가 당시 시인들이 고리타분하게 여기던 시론을 견지한 것은 과거로의 복귀를 주장하는 퇴행이 아니라, 옛것을 진부하다 여기고 새롭고 참신한 것만을 추구하다 완물상지(玩物喪志)하는 데로 빠져버린 당시 시인들의 전반적인 시풍을 비판하고 유가적 관점에서 올바른 방향으로 고치려는 노력이었다고 할 수 있다. 이것이 19세기 한시사에서 서파의 한시가 지닌 가치이다.

---

*   近人爲詩 苦皆以虫鳥花葉攢簇成語 有尙翁紅豆體者 尤以嘸殺喜 惟李友日淵 廣引故實 婉規時俗 絶無明淸人浮艶氣色.

참고문헌

1. 자료

○ 柳僖, 『文通』 74종 및 45종 (한국학중앙연구원 장서각 소장본).

○ 한국학중앙연구원 편, 『안동김씨·의령남씨·진주유씨·여주이씨 전적』, 2005.

○ 한국학중앙연구원 편, 『진주유씨 서파유희전서 I 』, 2007.

○ 한국학중앙연구원 편, 『진주유씨 서파유희전서 II 』, 2008.

○ 蔡 絛, 『西淸詩話』.

○ 「上下半萬年의 우리 歷史－縱으로 본 朝鮮의 자랑」, 『별건곤』 제12·13호, 1928.

○ 金昌協, 『農巖集』 (문집총간 161~162집)

○ 金昌翕, 『三淵集』 (문집총간 165~167집)

○ 朴齊家, 『貞蕤閣集』 (문집총간 261집)

○ 李義師, 『醉松詩稿』 2책 (개인 소장본)

○ 張 維, 『谿谷先生集』 (문집총간 92집)

○ 鄭斗卿, 『東溟先生集』(문집총간 100집)

○ 丁若鏞 著, 송기채 등 譯, 『國譯茶山詩文集』, 민족문화추진회, 1997.

○ 趙琮鎭, 『東海公遺稿』(국립중앙도서관 소장본)

○ 許 筠, 『國朝詩刪』(『韓國漢詩選集』 1권, 아세아문화사, 1980)

○ 洪奭周, 『淵泉全書』(昨晨社, 1984)

○ 黃廷彧, 『芝川集』(문집총간 41집)

2. 단행본

1) 중국

○ 劉勰 著, 최동호 譯, 『文心雕龍』, 민음사, 1994.

○ 錢鍾書, 『談藝錄』, 中華書局, 1999.

2) 한국

○ 강만길, 『한국근대사』, 창작과 비평사, 1984.

○ 송용준외 2인, 『宋詩史』, 도서출판 역락, 2004.

○ 송재소, 『다산시 연구』, 창작과 비평사, 1986.

○ 안대회, 『18세기 한국한시사 연구』, 소명출판, 1999.

    _____, 『조선후기시화사』, 소명출판, 2000.

○ 이종묵, 『해동강서시파연구』, 태학사, 1995.

    _____, 『한국한시의 전통과 문예』, 태학사, 2002.

○ 정인보, 『薝園文錄』 4권.

    _____, 『담원 정인보전집』 2, 연세대학교 출판부, 1983.

○ 정민, 『朝鮮 後期 古文論 硏究』, 아세아문화사, 1989.

○ 차주환, 『중국시론』, 서울대학교 출판부, 1989.

3. 논문류

○ 김근태, 「西陂 柳僖의 생애와 學詩 門路」, 『온지논총』 14집, 온지학회,
        2006.

    _____, 「西陂 柳僖의 악부시 연구」, 『정신문화연구』 32권,

한국학중앙연구원, 2009.

_____, 「西陂 柳僙의 강서시풍 수용양상에 대하여」, 『한문고전연구』 20집, 한국한문고전학회, 2010.

○ 김철범, 「19世紀 古文家의 文學論에 대한 硏究: 洪奭周·金邁淳·洪吉周를 중심으로」, 성균관대 박사학위논문, 1995.

○ 남은경, 「東溟 鄭斗卿 文學의 硏究」, 이화여대 박사학위논문, 1997.

○ 민병수, 「조선후기 漢詩의 새로운 경향에 대하여」, 『한국한시연구』 2, 태학사, 1991.

○ 박무영, 「19세기 한문학의 계열과 논점」, 『한국한문학연구』 41집, 한국한문학회, 2008.

○ 박은정, 「朝鮮文論에서 韓愈 古文論 用語의 含意 연구」, 『어문논집』 57호, 민족어문학회, 2008.

○ 심경호, 「다산 정약용과 석천 신작의 교유에 대하여」, 『연민학지』 1, 연민학회, 1993.

_____, 「19세기 한시의 전개에 대한 일 고찰」, 『한국문학연구』 창간호, 한국문학연구회, 2000.

_____, 「柳僙의 한문문학에 나타난 통속성」, 『고전문학연구』 35권, 고전문학연구회, 2009.

○ 오태석, 「황정견 문학의 사상기반」, 『중국어문학』 15집, 영남중국어문학회, 1988.

○ 이지양, 「震溟 權攄의 '眞'추구와 社會詩」, 성균관대 박사학위논문, 2001.

○ 이철희, 「추사 김정희의 유희적 시세계」, 『한국한문학연구』 35집, 한국한문학회, 2005.

○ 임형택, 「조선말 지식인의 분화와 문학의 희작화 경향-金笠연구서설」, 『전환기의 동아시아 문학』, 창작과 비평사, 1985.

○ 정우봉, 「19세기 詩論 硏究」, 고려대 박사학위논문, 1992.

○ 최우영, 「許筠의 詩觀과 批評樣相 硏究」, 연세대 박사학위논문, 1997.

○ 허권수, 「소동파시문의 한국적 수용」, 『중국어문학』 14집, 영남중국어문학회, 1988.